格列佛遊記

總導讀

打開世界文學經典，進入生命的另一個層次！

——新樹幼兒圖書館 館長 蔡幸珍

文學經典之所以成為經典，是因為這些世界名著經過時間的淘洗與淬煉之後，能歷久不衰並轉化成各種形式的「變裝」，例如：卡通、電影、芭蕾舞蹈、音樂、漫畫、手機遊戲、桌遊……等，繼續活躍在這世界的舞台上。

時代會變，社會在進步，科技也以十倍速更新，然而亙古以來的人性卻沒有顯著的變化，幾百年前能感動、震撼、取悅、療癒人心的世界名著，在幾百年後，依然能深深打動世人。

完整的文學經典出版計畫

小木馬文學館這一系列的世界文學經典作品，是由日本第一流的兒童文學研究家，以及國內的傑出譯者以生動活潑的現代語言譯寫，並且附有詳細的注釋、彩頁插畫、作者介紹、人物關係圖、故事場景和地圖……等等。從這些規畫與細節，可以看到編輯群的用心與貼心。

每個時代的生活用語與文物不盡相同，書中圖文並茂的注釋讓讀者能跨越時空、地理與文化的差異，減少與文字的距離和陌生感，更容易進入故事的時空情境當中。書中的介紹讓讀者了解作者的生平與創作背後的故事；人物關係圖釐清了解各個角色之間的關係，譬如：《希臘神話》中的哪個天神和誰生下了誰，誰又是誰的兄弟姊妹，這個英雄又有何來頭，天神之間錯綜複雜的關係，一張人物關係圖就能幫助讀者腦筋不打結；故事場景和地圖則提供清晰的地理線索，不論是將來實地去故事誕生之地拜訪遊玩，或是在腦海中遨遊都格外有趣。這些林林總總的補充資料，我稱它們為「作品懶人包」，讓讀者無需上網一一去搜尋相關的背景資料，提供了一條深入了解作品的捷徑。

體驗經典的文字魅力

閱讀小木馬文學館一本又一本的世界名著時，我彷彿坐上時光機，回憶起與這些「變裝」後的世界名著相遇的點點滴滴。

《湯姆歷險記》以卡通的型態出現在老三臺的電視裡，吹著口哨的湯姆計誘朋友以珍藏的寶貝來換取刷油漆的工作，湯姆．索耶聰明淘氣的形象深深的烙印在我的腦海中；《紅髮安妮》每隔十幾年就被翻拍成電視劇或是電影《清秀佳人》；《格列佛遊記》藏身在國小的課文中，一年又一年，格列佛在課本裡，全身被釘住，上百支箭射向他；我在舞台上遇見了《莎士比亞故事精選集》中的羅密歐與茱麗葉；《悲慘世界》以音樂劇的形式在我的心中投下震憾彈；《偵探福爾摩斯》則讓年少的我躺在涼椅上抱著書不放，度過一整個暑假。我與希臘眾神的相遇則是在台東大學兒童文學研究所的「神話與童話」課堂中、在希臘愛琴海上的克里特島上。

小時候的我，看過「變裝」後的世界名著，現在再讀小木馬文學館以「書」的形式登場的這些名著時，著實被這些作品的文字魅力深深吸引住。「書」和卡通、電視電影等影音媒體大大不同，以水果來比喻的話，書就是水果，而卡通、電影是果汁。看書像是吃原味的水果，而看卡通、電影就像喝果汁，有些營養素不見了，口感也不同了！

比方說，在《湯姆歷險記》卡通裡，看不到馬克·吐溫寫的「不好的回憶就像寫在海灘上的字，幸福的大浪一捲來，馬上就消失無蹤。」在《清秀佳人》卡通裡，看不到「我現在來到人生的轉角了，雖然走過轉角後不知道前方會有什麼在等待著，但我相信一定是燦爛美好的未來，這又是另一種樂趣了。」這樣精采的字句，因此我誠心建議曾經與「變裝」世界名著相遇的人，千萬別錯過原著的文字世界。

閱讀，讓生命變得不同

小木馬文學館將這一系列世界名著的定位為「我的第一套世界文學——在故事中體驗冒險、正義、愛、歡笑與淚水」，兼具趣味性、易讀性、知識性、文學性，並展演出各式各樣的人性，冀望能為小讀者開啟人生第一道文學之門。我也極力推薦大人們和小朋友一起閱讀這系列書，一起聊聊書，在書中探索人心的神祕、奧妙與幽微之處，也一起認識這世界的種種不幸與美好。

法國的符號學者羅蘭．巴特說：「閱讀不是逐字念過而已，而是從一個層次進入另一個層次的過程。」

我也認為閱讀是一種化學變化，讀一本書之前和讀了一本書之後，讀者的生命將變得和原本不一樣了。看《悲慘世界》時，可以看到未婚生子的女工在底層環境裡養育孩子的辛苦，了解社會底層人士的生活樣貌；讀了《紅髮安妮》之後，也可以學習安妮正向樂觀的生活態度，對生活保持高度好奇心，並對周遭世界施以想像的魔法，讓世界變美麗！看《湯姆歷險記》時，才知道在現實生活中自己可能是乖乖牌席德，但內心其實很想扮演湯姆．索耶，偶爾淘氣、搗蛋、半夜去冒險。

書本能誘發我們的人生成長，而經典更絕對是最佳的催化劑。打開書吧，讓我們透過一本本世界文學經典的引領，進入生命的另一個層次！

前言

充滿奇想的格列佛遊記

每次提起格列佛這號人物，首先會想到的就是小人國的故事，眼前也會立刻浮現他的頭髮、四肢都被綁在地上的模樣，還有在小人眼中宛如巨人的格列佛，在小人國中活躍的身影……。直到今天，他的奇特經歷對世界各地的讀者而言仍不陌生。

無論是誰，應該都幻想過能變得更強而有力或是像鳥兒般靈巧。《格列佛遊記》正是將這種願望化為具體的冒險故事，帶我們跟著格列佛一起踏上航海之旅，遊歷小人國、大人國，從神奇的飛島國返航、繞道前往古時候的日本，最後抵達由馬統治的智馬國。

寫下這部異想天開的遊記的，是出生於愛爾蘭，以諷刺文學聞名的作家喬納森．史威夫特。史威夫特用他的筆，為當時在英國統治下的愛爾蘭殖民地般悲慘的處境發聲，勇於批判政府，十分令人敬佩。

《格列佛遊記》不但是一個滑稽有趣的故事，也處處反映人類的惡行、謬誤。史威夫特始終用嚴厲的目光盯著人類社會的這些缺點，並以他獨有的幽默筆調提出批判，傳達給世世代代的讀者，無論何時來讀，都引人入勝、愛不釋手。

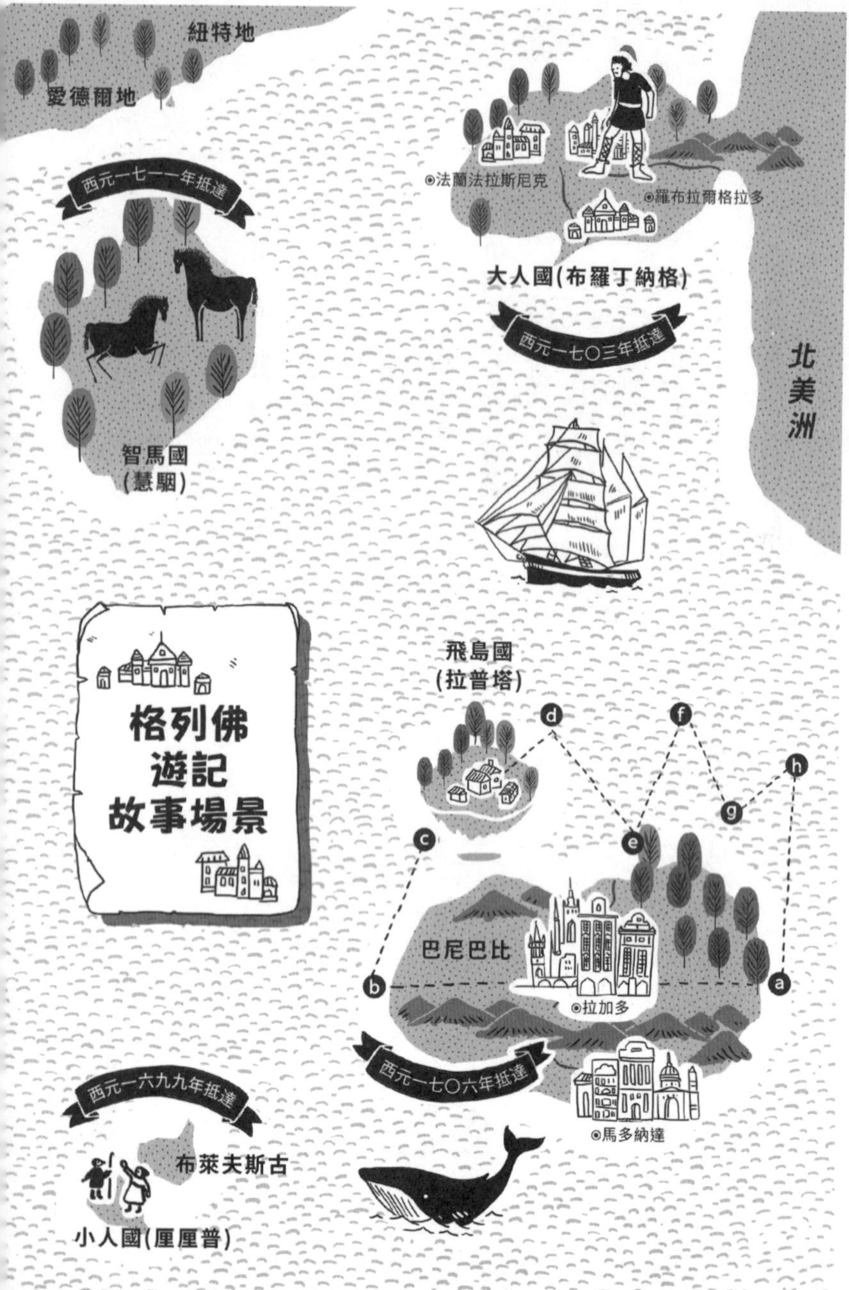
紐特地
愛德爾地
西元一七一一年抵達
智馬國
(慧駰)
◎法蘭法拉斯尼克
◎羅布拉爾格拉多
大人國(布羅丁納格)
西元一七〇三年抵達
北美洲
格列佛
遊記
故事場景
飛島國
(拉普塔)
d
f
h
g
e
c
巴尼巴比
b
a
◎拉加多
西元一七〇六年抵達
◎馬多納達
西元一六九九年抵達
布萊夫斯古
小人國(厘厘普)

第一部　小人國（厘厘普）

一 遭遇暴風雨

我是里梅爾．格列佛，在五個兄弟姊妹中排行老三。我們家在諾丁漢郡有一小塊田產。

十四歲那年，父親送我到劍橋大學就讀。埋首苦讀三年後，由於學費實在太貴，我只好休學到**倫敦**名醫詹姆士．貝茲先生那裡當助手。寄宿在醫生家的四年裡，我還學習了航海技術和數學，因為我相信總有一天我會出海去看看這個廣大的世界，這就是我的命運。

辭別貝茲醫生後，我前往萊登，花了兩年七個月的時間鑽研醫學，我認為這在長途航行時能派得上用場。

從萊登回來後，我很快在貝茲醫生的介紹下，成為燕子號的船醫。經過三年半的航行回來，我想在倫敦開業。幸運的是，貝茲醫師介紹了幾位患者給我，讓我有能力租下一間小房子，並且和針織品商人的次女瑪莉．波頓結婚。

然而過了兩年，隨著貝茲醫生離世，我的診所變得門可羅雀。因此，我決定再次出海。我先後在兩艘船上擔任船醫，整整六年都在**東印度**和**西印度群島**之間航行，累積了一筆財產。在船上閒暇時，我就讀一讀世界名著，靠岸時則觀察當地的風俗民情、學習當地的語言。拜我的記憶力所賜，我總是很快就學會新語言。

不過，最後一趟出海卻不太順利，令我討厭起海上的生活，想留在家人身邊。於是我搬了家，希望來看診的患者能增加，卻還是徒勞無功。

就這樣過了三年，當羚羊號的船長請我隨船出航南

倫敦（第15頁）

英國首都，自古以來就是繁榮的商港。十七世紀末時是人口約六十五萬的大都市，可以說是匯集了英國的資金和人才的中心。

東印度群島

是個不太精確的地理概念，指亞洲大陸東南方與澳洲之間的眾多島嶼。

太平洋時，我二話不說就答應了。

一六九九年五月四日，船從布里斯托啟航。起初航程一切順利，但在前往東印度途中，我們遭遇到強勁的暴風雨，船被沖到范迪門斯地西北方。從**天文觀測**結果得知，當時的位置是南緯三十度二分。

十一月五日，南太平洋剛進入夏天，放眼望去皆是霧茫茫一片。船員們發現在離船不到半**鏈**的地方有塊巨大礁岩，更糟的是，這時颳起一陣強風，下一秒船就撞上礁岩，應聲斷成兩截。

我和其他五名船員合力放下小艇，費了好一番工夫才遠離大船和礁岩。因為力氣早在船上耗盡，我們划了約三**里格**就划不動了。

之後只能隨波逐流。半小時後，突然一陣風從北方

西印度群島

位於中美洲東側、大西洋與加勒比海之間的島嶼群，總數超過一萬。哥倫布於十五世紀登陸時，把這些島嶼誤認為印度的一部分，因而得名。

天文觀測

在海上航行時，測量太陽、月亮和星星等天體的高度，再比對觀察的時刻，就能計算出所在位置。為了正確測量，會使用許多專門的儀器。

吹來，小艇因而翻覆了。我不知道小艇上的同伴、跳到礁石上的船員，或是留在船上的人下場如何，大家就像海上的泡沫般消失無蹤。

我只能將命運交給上天，沒命的游，讓潮水帶我前進。就在我心想「不行，我再也游不動了」的時候，雙腳竟踏到了地。

這時暴風雨已經平息，周圍是一片淺灘，我步行約一**英哩**後，終於在晚上八點左右上岸。

上岸後，我又走了半英哩左右，沿途沒看到任何房屋或人。因為疲倦，加上棄船前喝了白蘭地，睡意逐漸來襲，於是我在柔軟的草地躺下，沉沉睡去，足足睡了超過九個小時吧。當我再次睜開眼睛，天已經亮了。

當我打算起身時，卻怎麼也無法動彈。我仰躺

鏈（第17頁）
由英國制定的長度單位，一鏈為六十六英呎。

里格（第17頁）
一種古老的長度單位，相當於三英哩（約為五公里）。

著，發現手腳竟被人從兩側牢牢綁在地上，就連頭髮也一樣被綁住；胸口到大腿之間，不知有多少條細細的繩子綑住我的身體。

陽光越來越強烈，刺痛了我的雙眼。周圍非常嘈雜，可是我仰躺在地上，只看得見天空。

突然間，我感覺有東西在我左腳上動來動去。那個東西緩緩爬到我胸前，接著來到下巴附近。我勉強往下看，沒想到竟然是個身高不足六**英吋**的小人。他手裡拿著弓箭，背上背著箭桶。

這時，我發現大約還有四十個同樣的小人，悉悉簌簌朝我靠近。

「啊！」

我驚叫一聲，嚇得他們慌張逃竄。後來我才聽

英制長度單位

常見的單位為英吋、英呎及英哩。一英吋為二點五四公分、一英呎為十二英吋（三十點四八公分）、一英哩則為五千兩百八十英呎。

說，當時有幾個人匆忙從我的腰部跳下，因此受傷了。

我緊張得不得了，掙扎著想逃脫，扯斷了繩子，也將固定左手的木樁連根拔起。既然知道他們動了什麼手腳，我便鬆開綁住左側頭髮的繩子，讓脖子可以稍微轉動。不過，才一伸手想抓住小人，他們就溜掉了。

這時，我彷彿聽見尖銳的叫聲，接著，有上百支箭射向我的左手，像針一樣扎痛了我。眼見當中有幾支朝我的臉飛來，我趕緊舉起左手來擋。每當我試著掙脫，箭就又朝我射來，甚至有人用長矛刺我的腰，幸好我身上穿的是皮衣，才沒被長矛刺穿。

我決定暫時不動。

「反正左手可以活動，等到晚上我再讓自己恢復自由吧。」我心想。

我乖乖躺著，右耳聽見有人在敲敲打打，聲音持續了一小時以上。我勉強把頭轉過去，那裡竟然搭起了一座高約一**英呎**半的演講臺。

上面站著四個人，其中看似地位最高的一個，對我發表長篇大論。看來是一位了不起的演說家，可惜我一個字也聽不懂。

我從棄船幾小時前就沒進食，肚子餓得要命，也顧不得禮儀，不斷指著自己的嘴巴，示意要他們給我東西吃。

那演說家意識到我想說什麼，命人在我的腰部搭上幾把梯子。

於是，有超過一百個小人沿著梯子爬上來，把裝滿肉的籃子送到我嘴邊。我只知道有很多不同動物的肉，不曉得分別是什麼。不管是**肩肉**、**腿肉**或**腰肉**，長得都像羊肉一樣，調味更是一絕，只可惜每塊都比雲雀的翅膀還小。我不僅可以一口吃下兩、三塊，還能一次吞掉三個子彈大小的麵包。

他們不停送來食物，也對我龐大的身軀與食慾感到

肩肉、腿肉、腰肉（以羊肉為例）

驚奇。

接著，我示意要喝的。他們很聰明，立刻吊起最大的**酒桶**，往我嘴裡倒。我同樣一飲而盡，因為只有不到半品脫的量，味道也像葡萄酒，好喝極了。我再要了一桶，又是一口就喝光了。

看到奇蹟在眼前上演，他們頓時歡聲雷動，在我胸口跳起舞來，不斷高唱「嘿基納地嘎兒」。

接著，他們揮舞雙手，要我把兩個空桶丟下去。看我從高處扔下兩個空桶後，他們再次高喊「嘿基納地嘎兒」。

老實說，當他們在我身上走來走去的時候，我一度興起一把抓起四、五十個人扔到地上的念頭。不過，想到他們是如此的盛情款待，便打消了念頭。況

酒桶

且，我也很佩服這群小不隆咚的傢伙，面對我這麼一個龐然大物，竟然還能表現得如此勇敢。

知道我已吃飽喝足後，皇帝派來的大臣率領了十二名隨從，爬到我的臉附近，在我眼前攤開蓋著玉璽的詔書，滔滔不絕的說了十分鐘。他宣讀時，還不斷指向前方，後來我才知道，他指的就是首都所在的方位。

大臣一行人離開後不久，我的左側聚集了一大群人，替我鬆綁。託他們的福，我終於可以向右側躺，排出忍了已久的小便。

右側的小人們看出我想做什麼，趕緊退到兩側讓出一條路，巧妙避開了從我體內傾瀉而出的水流。

吃過營養充足的食物，我恢復了體力，刺痛的左手也有人替我塗上軟膏，只是眼皮越來越沉重。原來是醫生奉皇帝之命，在剛才的酒桶裡下了安眠藥。

他們應該是一發現上岸後呼呼大睡的我，便立刻稟報皇帝了。皇帝召開會議，決定（趁黑夜我睡覺時）先把我五花大綁、給我大量的食物，再準備搬運器材，把我運到首都去。

這些小人是優秀的數學家，機械工程技術也很先進，很快就召集了五百名木工和技師，打造出巨大的搬運器材。那是一台離地三英吋、長七英呎、寬四英呎的運貨車，裝有二十二個車輪。

他們趁我昏睡時，把運貨車放到我旁邊，大小剛剛好。問題是，他們該如何把我搬上車呢？

首先，他們豎起八十根一英呎高的柱子。接著，透過工匠的巧手，用鉤子將結實的繩索和綁在我脖子、手臂、身體及腿上的繩結鉤在一起。最後，再利用柱子上的**滑輪**吊起繩索。為了這次行動，他們總共召集了九百名孔武有力的男子。

就這樣，三小時不到，他們就把我吊上運貨車，牢

滑輪

繞著固定軸心旋轉的圓形輪子。用法是將繩索一端綁上重物後，繞在滑輪周圍的凹槽。有了滑輪的幫助，不必用很大的力氣去拉繩索，也能吊起重物。

牢綁在上面。不過，這些全是我事後聽說的，行動過程中，摻在酒桶裡的安眠藥發揮了作用，讓我睡得不省人事。

為了將我運到首都，他們動用了皇帝的大馬兒，這些馬身高足足有四英吋半。搬運我的隊伍經過一夜休息後，隔天中午抵達了首都城門外二百碼的地方，皇帝也帶著朝廷官員出來迎接。

運貨車停下來的地方，據說是這個國家最大的古神殿。幾年前發生**玷污**聖地的凶案後，這座神殿就荒廢了，內部擺設也遭洗劫一空。他們想讓我暫住在這裡。

面北的神殿大門高約四英呎，寬約二英呎，連我都能輕易爬進爬出。門的兩側離地約六英吋處，各有一扇小窗戶。皇室御用的**鐵匠**從左側窗戶穿入九十一條鐵

玷污
這裡是指在具有特殊歷史或宗教意義的場所，做出不合乎禮節的舉動或破壞行為。

鐵匠
一種職業，主要的工作是以高溫加熱金屬，使金屬軟化後，再打造成刀劍等用具。

鍊，在我眼中，那些鐵鍊就像歐洲貴婦人用的錶鍊一樣。最後，再用三十六把大鎖拴住我的左腳。

隔著一條大道，對面二十英呎處，有一座高約五英呎的塔樓。聽說皇帝曾經為了觀察我，率領一眾大臣爬上這座塔樓。

有超過十萬小人從城裡跑來一窺我的真面目。即使有人在一旁看守，還是有超過一萬人架梯子爬到我身上。不久之後，皇帝就下令禁止，違者判處死刑。

鐵匠確定我無法掙脫後，便把我身上的繩索全部砍斷了。

這時我終於能夠站起來，心中卻感到無比憂鬱。

另一方面，我起身走動的樣子，也在小人之間引起很大的騷動。拴住左腳的鐵鍊大約有二碼長，因此，我可以在這個半徑範圍內自由走動。

二　巨人山

我走到神殿外，環視四周，發現眼前的畫面非常有趣。周圍小小的田地簡直就像庭園裡排列整齊的花圃。樹林散布在田地之間，但最高的樹也只有七英呎左右。左手邊的城鎮與舞台布景沒什麼兩樣。

我一來到戶外，剛離開塔頂的皇帝正騎著馬過來。雖然是受過良好訓練的馬，看到像山一樣的龐然巨物在移動，還是嚇得抬起了前腳。所幸皇帝馭馬技術高超，在隨從趕過去拉住轡繩之前使勁穩住，這才平安無事。

皇后和王子、公主們原本由眾多宮女隨侍，坐在遠處的轎子上，一看馬兒受到驚嚇，隨即從轎子下來，趕到皇帝身旁。

皇帝讚嘆連連，仰望著我，命令一批已在一旁待命的廚師替我送上食物。

這群廚師用手推車把食物送到我身邊。一眨眼的工夫，二十台車的肉和十台車的飲料都被我消滅了。

說到這裡，容我描述一下皇帝的外貌吧。首先，他比所有大臣都高，雖然也只多出我的一片指甲的高度，可光是這樣，就足以讓人對他肅然起敬了。他相貌堂堂，很有男子氣概；下唇豐滿，**鷹鉤鼻**，皮膚呈**橄欖**色；姿態凜然，手腳線條很勻稱；身段也很優雅，顯得落落大方；年齡是二十八歲又九個月。

他戴的黃金頭盔鑲著寶石，前方有羽毛裝飾；為了預防我做出威脅的舉動，手握一把出鞘的寶劍。

鷹鉤鼻
像老鷹的喙一樣彎曲而尖的鼻型。

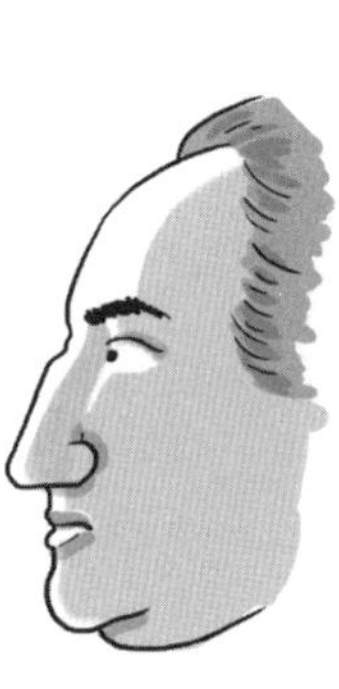

宮女和朝臣衣著都很華麗。我俯瞰他們，地上攤著他們以金銀絲線刺繡的裙擺。

皇帝不斷對我說話，我也試著回答，不過都只是雞同鴨講。在皇帝命令下，有幾個像是僧侶或法官的人物也對我說話。我搬出德語、**拉丁文**等等學過的語言，還是徒勞無功。

過了兩小時左右，皇帝一行人先離開了，只留下一支警衛隊，負責阻止看熱鬧的人接近我。

看熱鬧的人群中，有些人很過分，趁我坐著時朝我射箭，其中一支差點射中我的左眼。警衛隊隊長派人逮捕了六名主謀，他們認為最好的作法便是把這些人交給我處置。

我抓起被綁住的六個人，先把其中五人放進大衣口

橄欖（第29頁）

一種常綠喬木，果實可以醃漬後食用，或是製成橄欖油。

袋，再作勢要將最後一個人生吞活剝，嚇得他發出淒厲的慘叫。當我拿起刀子時，連英勇的警衛隊隊員也痛苦得不忍看了。

然而，我和顏悅色的切斷小人身上的繩子，把他放回地上，饒了他一命，接著也放走了其餘五人。士兵和百姓對於我如此寬大的處置，表現出十分感激的模樣。

每到了夜裡，我就鑽回神殿，躺在地板上睡覺。過了兩週左右，皇帝命人送來六百張成人用的大床，在神殿裡替我組了一張新床。

我的存在很快傳遍全國，有錢人、閒人或是愛湊熱鬧的人全都跑來看我，幾乎所有村落都變得空空蕩蕩。如果不是皇帝一再頒布命令禁止，恐怕所有人都會

拉丁文

發源於義大利，是古羅馬帝國的語言。隨著基督教傳播到整個歐洲，是知識分子之間的溝通工具，因此也被視為宗教和學術的語言。

丟下農事或家務不管。

另一方面，皇帝也多次召開會議，討論我的事。

後來我才從一位身分高貴、通曉國事的朋友那裡聽說，朝廷官員感到相當困擾，既擔心我逃跑，也怕負擔不起我的餐費，甚至一度決定把我餓死，或乾脆放毒箭殺了我。

不過他們仔細想想，我這龐大的屍體一旦腐爛發出惡臭，有可能會引發傳染病擴散；又聽聞我先前對看熱鬧的群眾表現出寬大的態度，包含皇帝在內，所有人都對我產生了莫大的好感。

因此，皇帝命令首都周圍的村落，每天早上替我準備六頭牛、四十隻羊、大量的麵包和葡萄酒。

除此之外，皇帝還任命宮中最優秀的六位學者負責教我這個國家的語言。在他們指導下，三週後我就學會了大部分的詞彙，可以和皇帝交談了。

我學會的第一句話就是「請您釋放我」，之後每天都跪著重複這句話。皇帝回我說，這件事還要從長計議，必須召開內閣會議討論。他命人搜我全身，但希望我不要介意，他只是確保我沒有危險的武器。

我拎起兩位負責的官員，先放進大衣口袋裡，又將他們依序放進全身上下的口袋，唯獨放懷錶的口袋和暗袋這兩處例外。

那兩位官員隨身攜帶紙筆和墨水，把所有看到的東西列成清單。翻譯出來的話，內容大致如下：

首先，我們搜查巨人山（這是我自己翻譯的，用他們的語言來說就是「昆巴斯·福雷斯特林」）的大衣右邊口袋，找到一大塊粗布，大概有皇宮大廳裡的地毯那麼大。

背心右邊口袋裡有一捆很薄的白色物品，大概有三個人這麼大，好幾張疊在一起，用繩子綁著，上面還有黑色花紋。根據推測，黑色花紋應該是文字。

背心的左邊口袋裡，有一件物品長得像皇宮前方的柵欄，巨人山都用它來梳頭髮。

褲子右側的大口袋裡，有一根與人差不多高的鐵管，嵌在一塊更大的堅固木材上，鐵管一側還裝著幾個奇形怪狀的鐵片。左邊的大口袋裡也有一樣的物品。

褲子右側的小口袋裡，有一堆大小不一、又圓又扁的金屬片，有銀色的，也有紅褐色的。另外，左側的小口袋裡還有一塊對折的大鐵片，巨人山說他都用這個來切肉。

褲子上半部有兩個小口袋，他沒讓我們進去檢查。其中一個垂吊著一條很粗的銀鍊，我們命令他把鍊頭掛的物件拿出來，結果他拿出一個令人吃驚的東西。

那是一個圓形物體，一面是銀做的，另一面則是一種透明堅硬的材質。透明那面的邊緣繪有特殊圖樣。巨人山把那個物體湊向我們耳邊，可聽見**水車**運轉般連續不斷的聲音。他說，他做任何事都會和這個機器商量。

我們還檢查了他繫在腰上的帶狀物品。左側掛著一把很大的刀，右側則掛著一個分成兩格的袋子。其中一個袋子裝著幾顆沉重的金屬球，另一個裝著許多黑色顆粒。

以上是我們在巨人山身上發現的物品清單。他表現得相當有禮，也對陛下的命令展現敬意。

聖世第八十九月四日　謹記

克萊弗倫．佛雷洛克

馬席．佛雷洛克

他們在皇帝面前宣讀這份清單後，皇帝命令我交出

水車

利用河川等流動的水源讓車輪轉動、產生動力的裝置。主要用來帶動石磨，將小麥等穀物磨成粉。

幾樣物品。首先，他要我交出腰上掛的刀，我就將那把彎刀和刀鞘一起交了出去。我遵照皇帝的命令拔刀，刀一出鞘便引來衛兵驚呼。左右揮舞時，刀刃反射的太陽光太強，照得他們看不見。但不愧是英勇的皇帝，只有他表現得十分鎮定。

接著皇帝要我展示鐵管，也就是我的手槍。

我拿出一把手槍，說明它的使用方法。接著填入火藥，告訴皇帝不必擔心，朝天空開了一槍。這一次，他們吃驚的程度和剛才見到彎刀時完全不同。好幾百人嚇倒在地上，像被雷擊中一樣。

皇帝雖然穩穩站著，卻也因為驚嚇，一時無法回神。

我把手槍、火藥和子彈交了出去。交出懷錶時，皇帝覺得很新奇，命令兩個高大的男子扛過去讓他看。由於懷錶不斷發出聲音，皇帝似乎很訝異，不過他很快就發現那是指針在轉動。他詢問周圍的學者，得到的答案五花八門，卻沒有一個是對的。

我又陸續交出銀幣、銅幣、刀子、梳子、手帕和日記本。

前面提過，我有一個暗袋沒讓他們檢查，那裡面放著眼鏡（我的視力不好，有時候需要用到）和小型望遠鏡。對皇帝而言，這些東西沒有任何用處，我認為沒必要拿出來。

三　宮廷技藝

由於我表現得很規矩，上至皇帝、朝廷官員，下至軍隊和百姓，大家都越來越信任我了。

人們看到我時，也漸漸不再那麼害怕。我有時會躺下來，讓五、六個小人在我掌心跳舞。後來，連小孩也會鑽進我的頭髮，玩起捉迷藏。

有一天，皇帝一時興起，想用表演來讓我打起精神。就我所知，無論是技藝的成熟度或規模，這裡的表演都遠遠超越其他國家。

其中最有趣的就是高空走鋼索了。表演者必須在離地十二英吋高、長兩英呎的白色細繩上行走。

能表演這項技藝的，僅限有望角逐宮廷高位的人。若有大臣過世或失寵，高官的位置空出來時，就會有五、六名志願者上奏，請求在皇帝和朝廷官員面前展現自己的能力。在繩索上跳得最高並且沒有失足摔落的人就能接任那個職位。

有時候，為了證明實力依舊，眾臣也會奉皇帝之命演出。據說財政大臣弗里姆納普在繩索上，至少比任何一個挑戰者跳得高出一英吋。我還看過他站在一個固定於細繩的盤子上，一連在空中翻了好幾個筋斗。內務大臣瑞德雷薩爾是我的朋友，他也很有本領，僅次於財政大臣。

聽說這種演出經常鬧出人命，大臣來表演時更是危險，因為他們互相較勁，往往太過逞強而從繩索上掉下來，就連弗里姆納普也曾差點摔斷脖子。

除此之外，還有一種只在特殊時節才會為皇帝、皇后和總理大臣演出的餘興節目。

首先，皇帝會在桌上放三條六英吋長的絲線，一條藍色，一條紅色，最後一條則是綠色。這些絲線是皇帝準備的，用來賜給他想特別獎勵的人。

儀式在皇宮的大殿舉行，候選者會在此接受考驗。與前面的演出不同，我從未在**舊大陸**或**新大陸**的任何國家見過相同的表演。皇帝雙手拿著一根棍子，與地面平行，候選者必須輪流上前，隨著棍子上下擺動，時而從上方跳過去，時而從下方鑽過來。

誰的表現最為敏捷、誰能又鑽又跳，持續最長的時間，就能得到皇帝賞賜的藍絲線，第二名得到紅絲線，第三名則得到綠絲線。得到獎賞的人都會把線纏繞兩圈、繫在腰上，因此每一位出入宮廷的高官，腰上幾乎都繫著藍色、紅色或綠色的絲線。

有一次，我獲准用一種獨特的表演取悅皇帝。我請求他派人替我找來幾根兩英呎高、像普通拐杖一樣粗的棍子，皇帝立刻命令林務廳的官員照辦。隔天一早，六位林務官就各自負責一輛載貨車，每輛貨車都由八匹馬

舊大陸、新大陸

十五世紀起，歐洲人在航海過程中陸續有地理上的新發現。相對於在此之前不為歐洲人所知的「新大陸」——美洲大陸，歐洲大陸則被稱為「舊大陸」。

拉回來。

我從運來的棍子中挑了九根，牢牢插在地上，擺成一個邊長兩英呎半的正方形。然後拿起四根棍子，橫向綁在離地約兩英呎高的地方。接著，我用手帕包住九根棍子，朝四方拉得像鼓皮一樣緊繃。四根橫棍比手帕舞台高出五英吋，可以用來當作四面的欄杆。

準備萬全之後，我請求皇帝：「是否能安排二十四名騎兵，在這片平坦的布台上演習呢？」

皇帝當場應允。於是，我把指揮官和全副武裝的騎兵一個個抓了上去。

他們整好隊，立刻分成兩方模擬戰鬥。看他們時而射出鈍箭，時而拔刀，來回攻防，實在是一場前所未見的精彩演習。也因為有橫棍阻擋，人或馬都不會從舞台上掉下來。

皇帝龍心大悅，連續幾天都派人演出這項餘興節目，有一回還親自上陣發號施令。最後甚至說服**意興闌珊**的皇后，要我把她連人帶轎抬到高處，讓她好好觀賞。

表演過程中都沒有發生重大意外，只有一次，一匹性情剛烈的馬踏破了手帕，騎士摔了下來。我及時伸出一隻手堵住那個洞，像一開始送他們上去那樣，平安把人和馬都救了下來。馬的左肩受了傷，不過騎士沒有大礙。

我試著把手帕補好，但從那次之後，我再也不想安排這麼危險的表演了。

在我獲釋前，皇帝曾經想到一個奇怪的取樂方式，要我像**羅德島的太陽神像**那樣站著，雙腿站得越開越好。然後他命令將軍（一位經驗豐富的司令官，也是我的恩人）指揮軍隊，讓隊伍從我的胯下穿過。

意興闌珊

音ㄧˋ ㄒㄧㄥˋ ㄌㄢˊ ㄕㄢ。不怎麼感興趣的樣子。

羅德島的太陽神像

太陽神赫利奧斯的銅像，據說曾經矗立在愛琴海上的希臘羅德島港口，高度有三十三公尺。是世界七大奇景之一。後來遭遇強烈地震而被摧毀。

步兵二十四人一列，騎兵十六人一列，鳴鼓、揚旗，手持長槍列隊行進。

皇帝下令，士兵在行進中仍要對我保持尊敬，違者一律處以死刑。即使如此，還是有年輕軍官通過我的胯下時，忍不住抬頭往上看。當時我的褲子已破破爛爛，不斷有人笑出來，有些人則是一臉驚奇的看著。

我屢次向皇帝上奏，請求他讓我恢復自由之身。終於有一天，皇帝向他的臣子請益，也在議會中提出來討論。幾乎沒有人反對，只有一個名叫史凱瑞許．博爾格蘭姆的人，無緣無故視我為敵人。

博爾格蘭姆是海軍總司令，深受皇帝信賴；儘管知識淵博，卻陰沉寡言。雖然，他最後也被說服，同意釋放我，卻堅持親自起草釋放的條約，還要我發誓。博爾格蘭姆率領兩位副官和幾位高官，親手把條約交給我。

宣讀條約後，他們要我一一發誓遵守條約的內容。首先，我必須用自己國家的方式發誓，再依照他們的法律，用規定的方式——也就是用左手抓住右腳，右手的中指碰頭頂，拇指摸右耳的耳垂——發誓。

接著來看看條約的全文吧：

本人戈爾巴斯特．莫馬倫．埃夫蘭姆．加狄洛．謝芬．木力．烏立．古，為厘厘普國皇帝，乃全宇宙敬畏之君，澤被天下，領土廣達五千布拉斯特拉格（周長約十二英哩）。本人乃王中之王，高人一等，腳踏地心，頭頂烈日。本人若**頷首**，舉世君王無不膽顫心驚。

本人向近日來到本朝國土的巨人山提出下列條款，巨人山應鄭重發誓，嚴加遵守。

第一條：如未取得加蓋玉璽的許可證，巨人山不得擅離國土。

第二條：非經本人特別下令，巨人山不得擅入

頷首
頷，音ㄏㄢˋ。點頭。

首都。

第三條：巨人山只可使用寬敞之大道，不得於牧場或麥田行走坐臥。

第四條：巨人山行經大道時，必須格外謹慎，不得踐踏本國人民、車馬。

第五條：如遇緊急情況，必須派出信使時，巨人山應每月一次、每次為期六天，連人帶馬將使者裝入口袋運送。

第六條：巨人山必須協助我國抵禦布萊夫斯古島上之敵國，全力摧毀企圖侵略之敵國艦隊。

第七條：閒暇時，巨人山應協助挖掘岩石，建造大苑與皇宮建築之圍牆。

第八條：巨人山應在兩個月內以步行方式測量海岸線長度，提供正確調查結果。

第九條：若巨人山發誓遵守以上條款，每日可得一千七百二十四人份食物，可隨時謁見本人、享有各種賞賜。

聖世第九十一月十二日，於貝爾發博拉克宮。

我滿心歡喜，發誓遵守這些條款，並簽名。雖然其中有幾項內容不怎麼友善，那都是博爾格蘭姆總司令的壞主意。

他們終於將鍊子解開，讓我恢復了自由之身。在獲釋儀式上，皇帝親自在我面前下令：「我要你成為我的臣子，為我效勞。」

四　宮中情勢

我獲釋後所做的第一件事就是請求皇帝讓我參觀首都密爾敦多。皇帝當場應允，不過也提醒我要小心，千萬不可踩傷人民、踏壞房屋。

圍住市區的城牆高度為二英呎半，寬十一英吋，馬車在上面繞行都沒問題。城牆上每隔十英呎就有一座堅固的塔樓。

我跨過西大門，輕手輕腳行走，側著身子穿過兩條主要大道。為了避免大衣下擺損壞房屋的屋頂或屋簷，上身只穿一件短背心。雖然皇帝下令要百姓待在家裡，但我還是怕有人在路上遊蕩，因此每個步伐都踏得小心翼翼，以免不小心踩傷任何人。

家家戶戶閣樓的窗前、屋頂上，全都擠滿了看熱鬧的人潮。我好像從沒看過人這麼多的地方。

這座城市是正方形的，四面城牆各有五百英呎，整座城市可以容納五十萬人。房屋大多有三到五層樓，商店和市集擺出的商品琳瑯滿目。

皇宮位於市中心，正好在兩條大道交會處。皇宮周圍蓋了一圈兩英呎高的圍牆，建築物距離圍牆還有二十英呎遠。我在皇帝允許下跨過圍牆，圍牆與皇宮之間有一大片空地，可以從各個角度欣賞皇宮。

外圍的庭園是四十英呎的正方形，往內還有兩座庭園，最深處則是皇帝的寢宮。我雖然很想看看他的寢宮，但通往內部的大門只有十八英吋高，七英吋寬。

反觀外圍的建築物有五英呎高，圍牆是石造的，厚度也有四英吋。不過，如果我跨過去，建築物就會被我毀了。即使如此，皇帝依然盛情邀約：「我一定要讓你看看我富麗堂皇的宮殿。」

為了不辜負皇帝的好意，我花了三天時間，拿小刀砍下幾棵園裡的大樹，做成兩座踏台。

我帶著兩座踏台來到最外圍的庭園，站上其中一座踏台，越過屋頂，把另一座踏台輕輕放在建築與更裡側的建築物之間、一處八英呎寬的空地上。一切就緒後，我跨過建築物，從一座踏台移動到另一座。我就這樣，一路走到皇宮最深處的庭園，側躺在地上，把臉湊向二樓和三樓的窗戶。

窗戶刻意敞開著，裡面有好幾間房間，華麗得超乎想像。皇后和王子們也由僕人簇擁著，各自待在房間裡。皇后和藹的對我微笑，把手伸出窗外，讓我親吻她的手背。

在我獲釋約兩週後的某天早上，內務大臣瑞德雷薩爾突然出現在我的門前，只帶了一名隨從。

他命令馬車在遠處等候，對我說：「可以耽誤你一小時嗎？」

當初，我請求宮廷釋放時，他為我出了很多力，因此我馬上就答應了。

他先恭喜我恢復自由，接著說：「如果不是因為宮中現在的情勢，或許你不會這麼快就被釋放。」

據他所述，事情是這樣的——

在外國人眼中，我國或許強盛，事實上卻正面臨兩個棘手的問題，一是激烈的黨派之爭，二是強敵入侵的危機。

先從國內的問題說起。這七十多個月以來，帝國內部一直有兩個黨派在明爭暗鬥，分別是托勒梅克森黨和斯勒梅克森黨，黨名源自黨員穿的鞋子，前者穿的是高跟鞋，後者穿的是低跟鞋，這是我們用來區分彼此的標誌。

高跟黨一向奉行多年以來的憲法，陛下卻決定只讓低跟黨的人擔任要職，陛下的鞋跟也比宮內任何人都矮一朵拉（朵拉是小人國的單位，相當於十四分之一英吋）。

兩黨的關係極度惡劣，從不與對方同桌吃飯，也不相互交談。雖然托勒梅克森黨，也就是高跟黨的人數比較多，然而實權卻掌握在我們低跟黨手裡。

不過，王子殿下似乎比較傾向高跟黨，這點很讓人擔心。觀察殿下的鞋跟，很明顯有一腳比另一腳高，因此殿下幾乎是拖著腳走路的。

不幸的是，在國內情勢如此混亂之際，還同時受到布萊夫斯古島的威脅。他們和我們一樣，是世上幅員最遼闊的帝國之一，面積和實力都與我國不相上下。

據你所說，世界上有好幾個國家都住著跟你一樣的巨人，不過，我國學者卻一致認為你是從月亮或星星掉下來的。因為在我國長達六千多個月的歷史中，從未提到厘厘普與布萊夫斯古這兩大帝國以外的國家。

總之，我們兩大強國已經纏鬥了三十六個月，開戰原因是這樣的：

眾所皆知，吃雞蛋應該要從圓的那一端剝起，這是自古以來的習慣。然而，陛下的祖父小時候，有一次想照傳統方法吃雞蛋，卻不幸割傷了一根手指；因此，他的父親，也就是當年的皇帝便頒布聖旨，命令人民「吃雞蛋必須從尖的那一端剝起，違者嚴懲」，百姓對這條法律相當不滿。之後一共發生過六次叛亂，其中有一位皇帝因此喪命，亦有一位皇帝則失去王位。

這些內亂全都是布萊夫斯古皇帝暗中煽動的。叛亂遭到鎮壓後，主事者就會逃往布萊夫斯古。至今已經有成千上萬的人寧願被判處死刑，也不肯從雞蛋的尖端剝起。

流亡者不但深受布萊夫斯古皇帝信任，也受到國內同夥暗中支援。

因此，這三十六個月以來，兩大帝國一再爆發流血衝突，戰況始終僵持不下。戰爭期間，我軍損失四十艘主力戰艦，以及更多的小型軍艦。此外，我們還失去了三萬名海陸將士，不過，敵軍傷亡的情況應該比我軍慘重。

話雖如此，敵方現今正準備重整大型艦隊，再次出兵。

陛下非常相信你的勇氣與力量，因此派我來向你說明情況。

聽完這段話，我請求內務大臣替我稟告皇帝：「我曾經發誓為陛下效命，我是外國人，不便干涉國內的黨派鬥爭，不過面對外來的侵略，我願意犧牲性命保衛陛下與這個國家。」

五　立下大功

布萊夫斯古帝國是一個島國，位於厘厘普帝國的北北東方，兩國之間僅隔著一道八百碼寬的海峽。

我至今未親眼看過那座島嶼，可是自從聽說對方有意侵略，我就刻意避免在布萊夫斯古那一側的海岸活動。戰爭期間，兩國封鎖了交通，敵方應該還不知道我的存在，不能先讓敵艦發現我的蹤影。

偵察報告顯示，敵國艦隊停泊在港邊，準備趁順風出動。我向皇帝提出將敵軍一網打盡的計畫。

照水手所說，海峽中央在滿潮時，深度會達到七十格拉姆格拉夫，換算成歐洲單位大約是六英呎，而其他部分，最深只有五十格拉姆格拉夫。

我來到面對布萊夫斯古島的東北海岸，橫躺在一座山丘後面，拿出小型望遠鏡觀察停在港口的敵國艦隊。我看到五十艘左右的軍艦，還有許多運輸船。

於是，我回來便命令厘厘普人準備許多堅固的纜繩和鐵棍（皇帝賦予我權限，可以下達命令。）他們的纜繩和我們用來綁東西的繩子差不多粗，鐵棍的長度和粗細則相當於我們用來打毛線的棒針。我將纜繩以三條為單位，牢牢編在一起，並將三根鐵棍扭成一根，兩端彎成鉤狀。

大功告成後，我把五十條纜繩繫在五十個鉤子上，回到東北海岸，脫下大衣、鞋子和襪子，只穿皮製的短背心，在滿潮的三十分鐘前走進海裡。

我拚命加快渡海的速度，在海峽中央游了約三十碼後，腳已經可以踩得到海底了。不到半小時，我就抵達了敵國艦隊停泊的地方。

敵人見到我全都嚇破了膽，紛紛跳船往岸邊游去，逃回岸上的人數恐怕不少於三萬人。

這時我拿出纜繩，先用鉤子勾住每一艘軍艦的船頭，再把纜繩另一端全部綁在一起。

在此同時，敵人也不甘示弱，對我射出數千支箭，其中有不少射中我的手或臉，不僅弄痛了我，還嚴重干擾我的行動。我最擔心那些箭會射中我的眼睛，要是當時沒有靈機一動，想到一個妙計，現在我一定已經瞎了。

就像前面提到的，我的暗袋裡藏著一副眼鏡，我把它掏出來戴上。做好防護措施後，我再也不怕敵人的箭，可以放心執行任務了。箭雖然一支支射中鏡片，眼鏡也只是稍微震動而已。

掛好鉤子後，我握住繩結往前拉，船竟然一動也不動，原來這些船都下了錨。於是我放開纜繩，繼續讓鉤子掛在船上，任憑兩百多支箭襲擊我的手和臉，毫不退縮，抽出刀子割斷錨上的繩子。

我再度一把抓起鉤住船艦的繩結，輕輕鬆鬆就把五十艘大型敵艦拉回厘厘普。

布萊夫斯古人不曉得我的企圖，全都呆住了。看我割斷錨上的繩子，以為只是要讓船漂走或相撞。當他們看到整個艦隊整齊的移動，而且是由我在前方拖曳，隨即發出難以形容的哀號。

一離開危險區域後我就停下腳步，拔掉手和臉上的箭，再摘下眼鏡。等個一小時，海水稍微退潮了，我才拉著船橫越海峽，平安返抵厘厘普國的港口。

以皇帝為首，宮中所有人都站在岸邊等待我的成果，卻只看見一支艦隊，排成很大的半圓形朝他們逼近，看不見胸口以下浸在海水裡的我。

我來到海峽中央時，脖子以下都浸在海裡，他們根本看不見我的身影，更加驚慌失措。聽說皇帝還以為我溺死了，敵國艦隊正要攻打過來。

不過，擔心都是多餘的。隨著海峽越來越淺，不一會兒，我就來到聲音可以傳得到的距離，舉起勾住船隻的纜繩前端大喊：「厘厘普皇帝萬歲！」

我一上岸，皇帝立刻迎上前來，對我讚譽有加，當場封我為「納達克」，也就是這個國家位階最高的封號。

然而，皇帝又開口了：「能不能再去把剩下的敵艦全部拉回港口呢？」

上位者的野心果然無窮無盡。眼前的這位皇帝也是，腦中只想著要把布萊夫斯古帝國納入厘厘普帝國的屬地、殺光叛逃者，逼迫所有人都從雞蛋較尖的那一端剝起，成為世上唯一的君主。

我費盡唇舌說服皇帝打消念頭，清楚表明「我不願意變成你的工具，讓那些自由而勇敢的人淪為你的奴隸」。

據說，事後在內閣會議上提出來討論時，有一群賢明的大臣也認同我的意見。然而這番過於直接的言論違背了皇帝的心意，皇帝當然不可能寬恕我。從那時起，皇帝和一些看我不順眼的官員暗中策劃著陰謀詭計，不到兩個月時間就付諸行動，害我差點斷送性命。

我立下大功後，過了三週左右，布萊夫斯古為了求和，派出使節團來到厘厘普。兩國締結和平條約，條件對厘厘普極為有利。

締約過程中，我也為布萊夫斯古的使節提供各種協助。聽聞我給予支持，他們特地來拜訪我，先讚揚我的勇氣與寬容，再以布萊夫斯古皇帝的名義，邀請我到他們的國家：

「我們經常聽人談起您，不知是否有幸親眼見識您的力量？」

我欣然答應了他們的邀請。

於是，我趁再次面見厘厘普皇帝時，請他允許我出訪布萊夫斯古。他雖然答應，但是口氣非常冷淡。後來我才從別人口中得知，財政大臣弗里姆納普和總司令博爾格蘭姆曾經向皇帝告狀，宣稱我和使節會面是對他不忠的表現。

某天深夜，門外突然傳來好幾百人大喊的聲音。我從睡夢中醒來，驚慌失措，外頭則不斷傳來「巴格拉姆！巴格拉姆！」

從宮裡來的幾個人奮力推開人群，鑽到我面前，要我立刻進宮。原來是侍女讀書時打瞌睡，不小心打翻油燈，使皇后的寢宮失火了。

我立刻起身，朝皇宮飛奔而去，看見有人在建築物牆上架好梯子，準備了很多水桶。傷腦筋的是，水要從很遠的地方運過來，水桶也只有頂針那麼大，不管怎麼潑水都無法撲滅猛烈的火勢。如果用我的大衣一撲，火應該會立刻熄滅，不巧的是，我出門時太慌張了，身上只穿著短背心。我心想：「糟糕，沒救了。」

這時，我難得冷靜下來，想出了一個絕佳妙計。稍早之前，我喝了一大堆美味的古粒米古粒姆葡萄酒，當我衝到起火點附近要幫忙滅火時，身體也熱了起來，那些酒讓我產生尿意。

我毫不保留，對準火勢最猛烈的地方釋放體內的液體。於是，不到三分鐘的時間，火勢完全被撲滅，宮殿的其餘場所也得以倖免。

這時天色慢慢亮了，我沒有為撲滅火災一事向皇帝道賀，直接回家了。我明明立下大功，完全不知皇帝竟會因此大發雷霆。原來，根據這個國家的法律，在皇宮

頂針
裁縫時戴在手上，用來保護手指不被針刺傷的配件。

隨地小便可是死罪一條。

後來我收到皇帝的信，信上說他會設法赦免我的罪，才讓我稍微放下心來。不過後來，我還是沒有獲得赦免。據說，皇后非常憎惡我的行為，氣得搬到皇宮內側的房間去，還對幾名心腹宣告：「總有一天我要報仇！」

六　厘厘普的生活

接著，我想介紹一下厘厘普國的風土民情。

當地居民的平均身高在六英吋（十五公分）以下，無論花草樹木、蟲魚鳥獸，全都等比例縮小，牛和馬變成四到五英吋，綿羊差不多是一點五英吋，鵝則只有麻雀的大小。因此，他們最小的東西，我幾乎無法用肉眼看見。厘厘普人被賦予一雙看得見所有東西的眼睛，有一次，我目睹一位少女拿著一條我看不見的線，穿進一根我看不見的針，令我佩服不已。

他們寫字的方式也十分奇特，既不像歐洲人一樣由左往右寫，也不像阿拉伯人一樣由右往左寫，更不像中國人一樣由上往下寫，而是像英國的女性那樣從紙張的一角斜著寫到另一角。

另外，這個國家也有一些特殊的法律或習俗，和我國完全相反。

舉例來說，他們認為詐欺是比竊盜更嚴重的罪行，因此，犯下詐欺罪，通常會被判處死刑。依他們所說，一般人只要小心一點，還不至於被偷走財產，不過老實人遇上狡猾的騙子卻無從防範。如果沒有法律制裁，吃虧的永遠是老實的商人，壞蛋則占盡便宜。

此外，雖然我們總說「賞善罰惡」是政治的核心精神，但我從沒見過哪個國家像厘厘普一樣，如此忠實的奉行這句格言。

在這個國家，任何人只要能提出證據，證明自己連續七十三個月安分守法，國家就會賜給他一定的特權和獎金，甚至還能獲得「斯尼波爾」的稱號，也就是「守法者」的意思。當我告訴他們，我國的法律只制定了罰則，沒有獎賞人民的相關規定，他們不可置信的說：「這就是貴國政治上的一大缺陷。」

不過我要在此聲明，至此和以下所談到的，都是這個國家原本的制度，這些制度與人類墮落的天性而導致的腐化無關。

在親子教養方面，他們的觀念也與我們截然不同。按照他們的觀點，子女的教育最不該託付的對象，就是親生父母。

因此，每個市鎮都設有公立的寄宿學校，所有父母都必須在子女二十個月大時，把他們送進學校接受教育。

在貴族男孩就讀的學校裡，有嚴格的老師，孩子的服裝和飲食都十分簡樸，接受榮譽、正義、勇氣、謙虛、愛國等美德教育。每天除了兩小時的遊戲時間外，學校會安排許多事情讓他們做。出遊時雖然會集體行動，但都有老師陪同，這樣一來，他們才不會從小就沾染惡習。這方面和我國的孩子一樣。

父母一年只能探望孩子一次，每次只能見面一小時。見面和分別時可以親吻孩子，不過老師會在旁監視，不允許父母做出溺愛孩子的舉動，也不能夠帶東西來給孩子。

紳士、商人或工匠子弟的寄宿學校，運作方式也大致相同，不過商人子弟滿七歲就要離校，成為學徒。

貴族出身的女孩所受的教育與男孩幾乎沒有不同，能夠幫她們著裝的只有保母。不過，如果保母像我國的女僕一樣講鬼故事或笑話逗樂她們，會被當眾鞭打三下，再關進監牢一年，最後放逐到最偏遠的地方去。

女孩年滿十二歲，也就是這個國家的適婚年齡時，父母會來向老師道謝，把孩子接回家。在這種場合，總會有女孩因為捨不得和朋友分別而哭泣。

出身較低的女孩，會在學校裡學習符合自己身分的工作職能。要當學徒的女孩會在七歲時送出去，其他人則繼續留到十一歲。

農民或勞工都把子女留在家裡，因為他們的工作就是耕田。老人或病人則由專門的機構照顧。

我在這個國家停留了一年九個月又十三天，接下來就聊聊我的日常生活吧。

我本來就熱愛工作，而在這裡生活，也有許多事我必須自己動手做。比方說，我用皇宮花園裡的大樹製作桌子和椅子；為了縫製襯衫、床單和桌布，我召集了兩百位女裁縫，她們用的布料再紮實，還是必須好幾層布縫在一起。畢竟就連這裡最厚的布，對我來說還是太薄了。

她們要我躺著好丈量尺寸。一個人站在我的脖子上，另一個人站在腿肚。這兩人用力拉緊繩子時，第三個人就負責用一英吋的尺測量繩子的總長度。我把一件舊襯衫鋪在地上代替**紙樣**，因此她們做出來的成品非常合身。

同樣的，為了製作大衣，我另外召集了三百位男裁縫。不過他們丈量尺寸的方法略有不同，他們讓我雙膝跪地，搭一把梯子到我的脖子，再派一個人爬上來，從衣領處垂下一條掛著鉛錘的線，這條線就剛好等於大衣的長度。我拿到成品後一看，簡直就像和英國女士做的**拼布**一樣，唯一不同的是整件大衣只用了一種顏色。

我的餐點是由三百位廚師共同準備的。他們住在附

紙樣
製作服裝時，先將袖子、領子等部份形狀描繪在紙上，根據這些紙形剪裁布料，最後才將每個部份縫合成一件衣服。

拼布
一種手工藝。利用各種顏色、圖案的三角形或四方形的小布片，縫製成一大塊布。

近的小屋裡，每人負責兩盤菜。

我會先把二十位侍者拎到餐桌上，底下同時還有一百多人待命，有些人手裡捧著一整盤肉，有些人肩上扛著葡萄酒桶。餐桌上的侍者會照我的意思，用繩子把我想吃的餐點拉上來，和我在歐洲時，從**井**裡吊水桶上來的動作相同。

一盤肉差不多就是我一口的分量，一桶飲料也剛好可以一口喝完。羊肉很難吃，牛肉卻是上等的美味。侍者們看到我連肉帶骨吞下去，全都嚇了一跳。鵝或火雞我都是一口一隻，如果是小鳥，我可以用叉子一次叉起二、三十隻。

有一次，皇帝聽說了我的生活狀況，主動要求說要帶皇后、王子和公主們和我一起用餐。我讓這些貴客坐

井

由地面往下開鑿，為了汲取地下水而建造的一種裝置。

在餐桌上的貴賓席，剛好與我面對面。除了護衛隊，財政大臣弗里姆納普也拿著一根白色權杖隨侍在側。

弗里姆納普臉色鐵青，不時朝我看過來，但我假裝沒發現。為了讓這些達官貴人大開眼界，我刻意表現出比平常更旺盛的食慾。

不過，弗里姆納普似乎趁著此次機會，在皇帝面前說我的壞話。這位大臣對我懷有敵意，對皇帝諫言：「為了供那傢伙吃住，國家得花掉龐大的經費，您還是盡早找個機會把他趕走吧，臣都是為陛下著想啊。」

七 返國

交代我離開這個國家的經過之前，我想先說明由某人策劃了兩個月，企圖陷害我的一樁陰謀。

那是在我準備面見布萊夫斯古皇帝時發生的事。某天晚上，一位高官偷偷坐著轎子來找我（此人先前曾觸怒陛下，當時我替他說了不少好話），還放下簾子掩人耳目。他沒有報上姓名，只說想見我一面，便把轎夫打發回去了。我把他連人帶轎放進大衣口袋後，吩咐我信任的僕人，如果有人來了，就說：「主人身體不適，已經就寢了。」

我關上家門，像往常一樣把客人的轎子放在餐桌上，也在一旁坐下。我們寒暄了一會兒，但對方始終一臉憂慮，一問之下，他才表示：「這件事關乎你的名譽與性命，請務必耐心聽我說完。

「事情是這樣的，最近宮裡為了你的事，召開好幾次祕密會議。就在兩天前，陛下終於做出了決定。

「相信你也明白，打從你來到我國那天起，博爾格蘭姆總司令就將你視為不共戴天的敵人。雖然不清楚原因，不過很明顯的是你在布萊夫斯古一役大獲全勝，他對你就更加恨之入骨了。我想，可能是你立下大功，有損他這個總司令的顏面吧。

「因此，他勾結了財政大臣弗里姆納普、陸軍統帥里姆托克、侍衛長拉爾康和大法官巴爾馬弗，指控你犯罪，還寫了一份彈劾你的文件。」

聽到這裡，我實在按捺不住了，想說點什麼，但他要我安靜把話聽完。

「我一直想著總有一天要回報你的恩情，暗中打聽會議的消息，還弄到那份彈劾文的副本。只要能夠幫上你的忙，要我犧牲性命也在所不惜。」

巨人山彈劾案

第一條

依據先皇加林・德法・普魯恩制定之法律，在皇宮內隨地便溺乃是死罪。巨人山公然違法，於皇后寢宮著火時，假借滅火名義，用小便澆熄火焰。

第二條

巨人山將布萊夫斯古帝國的艦隊拉回我國港口後，陛下命其奪取剩餘敵艦，並將布萊夫斯古收編為厘厘普帝國屬地。巨人山卻違抗聖旨，辯稱此舉有違良心，不願奪取無罪者之自由與性命。

第三條

布萊夫斯古使節團來向陛下求和時，巨人山竟主動協助、招待敵國使節。

第四條

巨人山不顧為人臣子之義務，準備前往布萊夫斯古帝國。陛下僅給予口頭承諾，巨人山卻趁機串通並煽動布萊夫斯古皇帝。

「除此之外還有幾條，不過最重要的部分我已經讀給你聽了。

「針對這份彈劾文，他們討論過很多次，陛下念及你過去的種種功勞，想盡可能減輕你的罪。

「但財政大臣和總司令卻堅持要趁你睡著後，在你的住處放火，想用最殘忍的手段將你處死。到時候，陸軍統帥也會率領兩萬名士兵，放毒箭攻擊你。

「形勢始終對你不利，然而最後，陛下還是駁回了侍衛長的意見。

「而一向站在你那邊的內務大臣瑞德雷薩爾，也奉命發表意見。他說：『巨人山的確罪行重大，但這次不妨法外開恩。如果陛下念及先前的功績，只下令刺瞎他的雙眼，不僅能展現陛下的惻隱之心，世人也會讚揚諸位大臣如此寬大為懷。況且，如果只刺瞎雙眼，未來他還是能繼續為陛下效命。』

「不過，這個提議被所有與會者否決了。博爾格蘭姆總司令怒不可遏，站起來大罵：『你身為內務大臣，竟然替叛國者開脫，太不像話了。他可是在皇后寢宮小便的罪人，哪天說不定會故計重施，把整座宮殿都淹沒呢。何況，他的力氣大到可以把整個敵國艦隊拉過來，要是生氣起來，誰曉得會做出什麼事。』因此他堅持求處死刑。

「財政大臣的看法也一樣。他說：『如果繼續讓巨人山留在國內，國庫很快就會入不敷出。』也堅持求處死刑。

「不過，陛下堅決反對處死你。他說，如果刺瞎你的眼睛還不夠，再追加別的刑罰即可。支持你的內務大臣也提議，乾脆逐漸減少你的糧食，這樣你就會越來越虛弱，最後餓死，留下來的骨頭還可以作為紀念。

「拜你與內務大臣的友誼所賜，這件事情至此總算定案了。不過，餓死你的計畫是個祕密。

「三天後，你那位內務大臣朋友應該會過來，在你面前宣讀彈劾文。接著他會表明，由於陛下與大臣們的慈悲，你只需要被刺瞎雙眼。陛下相信你會老老實實接受懲罰。手術會是讓你躺在地上，用銳利的箭射進你的眼睛，同時，也會有二十位外科醫師在場監督。

「接下來該採取什麼行動，就交由你自己判斷了。我必須悄悄趕回宮裡才行，以免惹人懷疑。」

這名高官離去後，我獨自在屋內沉思。

事情演變成這樣，也不在乎別人怎麼說了，我決定逃走。我立刻寄信給內務大臣，通知他我打算兌現皇帝的承諾，天一亮就出發前往布萊夫斯古。也不待對方回信，就直接朝海岸前進。

我抓住一艘大型戰艦，在船首繫上一條纜繩，再收起船錨。然後我脫光身上的衣物、全身赤裸，把衣服疊放在船上，拖著船來到布萊夫斯古的港口。

布萊夫斯古港邊聚集了一大群看熱鬧的人，他們安排兩名嚮導來為我帶路，引領我前往同樣以布萊夫斯古為名的首都。我兩手各捧著一個人，來到城門外兩百碼的地方，請人向大臣通報我來訪了。

過了一小時左右，他們告訴我，皇帝正在前來迎接我的路上。我繼續向前走了一百碼，皇帝和他的隨從躍下馬背，皇后等人也步下馬車，他們臉上沒有一絲恐懼。

我側躺在地上，親吻皇帝與皇后的手，稟告兩位：「我在主人厘厘普皇帝允許下，依約前來此地了。」

關於觸怒厘厘普皇帝一事，我隻字未提。我本來以為，厘厘普皇帝應該不會主動把祕密洩漏出去，但我很快就發現我錯了。

抵達布萊夫斯古帝國的第三天，我來到島嶼的東北海岸，發現在約半里格外的海面上有個東西，看起來像是一艘翻覆的小艇。

我脫掉鞋襪，往海裡走了兩、三百碼，那個東西也順著潮水漂了過來。不久後，我清楚看見，那真的是一艘小艇，也許是暴風雨時從大船上脫落的。

我立刻返回首都，請求皇帝出借目前僅存的二十艘大船和三千名海軍。趁著艦隊從島嶼另一端繞行過來的時候，我又回到剛才的海岸。

我先把一條纜繩交給海軍，等到艦隊抵達後，立刻脫掉衣服，游向小艇所在的位置。小艇的船頭有一個洞，我把海軍拋給我的纜繩綁了上去，另一端則綁在軍艦上。

不過，我費了一番工夫，還是沒有任何進展，因為我的腳踩不到海底，根本無從使力。

於是我繞到小艇後面，邊游泳邊用單手推動小艇前進，這才解決了這個棘手的問題。我拿起一條事先放在某艘船上的纜繩，先把一頭綁在小艇上，再把另一頭綁在伴隨我的九艘軍艦上。

我們順風前進，由海軍負責拉，我負責推，總算回到岸邊。我們設法用繩子和機器把小艇翻過來一看，船身幾乎沒有任何損傷。

我花了整整十天才做出船槳，把小艇划到布萊夫斯古港。一抵達港口，只見人山人海，大家都對前所未見的大船感到驚奇。

我請求皇帝：「我幸運獲得了這艘小艇，或許是上天給我的一種指示，要我搭著它回到家鄉。為了替出航做好準備，懇請陛下為我下達命令。」皇帝雖然要我考慮清楚，最後還是同意了我的請求。

事後我才聽聞，厘厘普皇帝根本不曉得我已經識破他的詭計了。他認為我是為了履行約定才前往布萊夫斯古，兩、三天後就會回去了。然而等了又等，始終沒等到我回去，他開始感到不安；和大臣商量後，決定派使者把彈劾文的副本送來。據說那位使者要求布萊夫斯古皇帝下令將我五花大綁，遣送回厘厘普國。

布萊夫斯古皇帝花了三天時間與大臣們商議，最後婉拒了。皇帝表示，他們實在沒辦法把我綁起來送回去，厘厘普皇帝應該也明白這一點。他同時保證，我很快就會離開布萊夫斯古國了，請他們放心。

布萊夫斯古皇帝告訴我事情的來龍去脈時，順勢對我說，要是有意留下來為他效勞，他會設法保護我。不過我早已下定決心，再也不相信任何君主或大臣了。

我從一些小地方察覺，其實布萊夫斯古皇帝和多數大臣一樣，都很慶幸我即將離去。

既然如此，我決定提早出發。宮裡的人希望我早點離開，也樂於助我一臂之力。

短短一個月，**船帆**、鋼索、**桅杆**等一切必備物品就準備齊全了，我請求皇帝允許我離開這個國家。皇帝率領皇族出宮送我一程。我趴下身來，逐一親吻皇帝、皇后和幾位王子的手背。皇帝賜給我五十個錢袋，每一袋都裝著兩百斯普拉格，還送我一幅和他本人一樣高的肖

帆船構造圖

像畫。

小艇上儲備了一百頭牛和三百頭羊的肉、相同分量的麵包和飲料，還有四百名廚師共同烹煮的熟肉。我另外帶了六頭母牛和兩頭公牛，以及六頭母羊和兩頭公羊。我打算帶牠們回我的家鄉繁殖。至於飼料，則準備了一大捆乾草和一袋小麥。

原本我想從這個國家帶十個小人回去，唯獨這件事，陛下無論如何都不肯答應。他不但派人仔細搜查我的口袋，還要我用名譽發誓，即使有人自願，也絕對不帶走任何一個臣民。

準備就緒後，終於要出發了。時間是一七〇一年九月二十四日早上六點。在東南風吹送下，船往北方航行了約四里格。下午六點左右，我發現西北方有一座小島。我靠近小島後下錨，這裡似乎是一座無人島。我隨便吃了點東西就沉沉睡去，大約睡了六個小時。醒來之後，又過了兩小時才天亮。

我在太陽升起前吃完早餐，收起船錨，以昨天的方向繼續航行。順利的話，應該會抵達范迪門斯地東北方群島的其中一座，卻沒有任何發現。

第三天下午三點左右，小艇來到距離布萊夫斯古島約二十四里格之處時，我發現遠方有一艘船正朝東南方航行。我試著大聲呼叫，沒有得到任何回應。

這時我忽然想到，何不自己追上去呢？剛好風勢也逐漸減弱了。

我用滿帆全速前進，半小時之後，對方總算注意到我，掛出旗子並發射信號。「太好了，可以回到家鄉、看看我的孩子了。」此刻，我的興奮之情簡直難以言喻。

對方把帆收起，我終於在九月二十六日下午五點多趕上。看到高掛空中的英國國旗，內心不禁激動了起來。我把牛和羊放進大衣口袋，再把僅剩的行李一起搬上大船。

這是一艘從日本開出的商船，行經北太平洋與南太平洋，正在返回英國途中。船長約翰·彼德爾是德普特福德人，船上共有五十名船員。

船長對我非常親切，想知道我是從哪裡來的，又要到哪裡去。我簡單交代了事情經過，但他覺得我是因危險的遭遇嚇壞了，才會說話沒頭沒腦的。於是，我從口袋裡拿出牛和羊給他看，他嚇了好一大跳，這才相信我說的話。我送給船長兩個裝著兩百斯普拉格的錢袋，並答應他抵達英國後，再送他懷孕的牛羊各一頭。

一七〇二年四月十三日，我們順利抵達了唐斯港。唯一遺憾的是，有一頭羊在航行期間被老鼠咬走了。其他牛羊能夠幸運存活下來，都要感謝船長分我一些餅乾，讓我搗成粉末，再和水餵牠們吃。

回到英國以後，雖然停留的時間很短，我把這些家畜展示給貴族看，賺了一大筆錢。在我第二次出航前，用六百英鎊的價格把這些家畜賣掉了。

回家之後，我只和妻小一起生活了兩個月，因為我實在太想出去看看外面的世界，無法壓抑內心的渴望。我留給妻子一千五百英鎊現金，把他們安頓在瑞德里夫一幢漂亮的房子裡。當時，我的兒子強尼正在上**文法學校**，他很有潛力，未來可期；女兒貝蒂則在學習**女紅**（現在已經結婚生子，過著幸福的生活了。）

我流著淚揮別家人，再度搭上一艘名為「探險號」的船。

接下來的故事，請繼續閱讀第二章。

文法學校（第83頁）

起源於中世紀，原本是以傳授拉丁文和古希臘語為主的學校，目前在英國已經成為中等教育的一部分，是公立中學的一種類型。

女紅（第83頁）

紅，音ㄍㄨㄥ。指各種會用到針線的手工藝，例如縫紉、刺繡、拼布等等。

第二部　大人國（布羅丁納格）

一　麥田驚魂

一七〇二年六月二十日，我再次揮別家鄉，從唐斯港搭上探險號出航。這艘商船的目的地是蘇拉特，船長則是來自康瓦爾郡的約翰·尼可拉斯。

我們順利抵達好望角，原本只是為了補充飲用水稍作停留，卻發現船身漏水，只好留在當地過冬。

隔年三月，我們揚帆啟程，在通過馬達加斯加海峽前始終暢行無阻，可是一進入馬達加斯加島北邊，大約南緯五度一帶，海上就開始起風了。這一帶在十二月初到五月初之間，幾乎天天吹著強烈的西北風。四月十九日這天，風勢又比平常更加猛烈了。

風連續吹了兩個多星期，把我們的船吹到摩鹿加群島東側的海面。依船長在五月二日這天的觀測結果，船的位置大約是在北緯三度。當時海面又恢復了平靜，我感到很高興。

不過，經常行經這一帶海域的船長，卻吩咐大家為暴風雨來襲做好準備。隔天，真的從南方吹起了強風，也就是所謂的偏南季風。

風暴異常猛烈，洶湧的波濤令人膽戰心驚。我們拚命控制船隻，好不容易才穿過暴風雨。等到風雨平息後，我們停下船，揚起前帆與主帆。

這場暴風雨和接連而來的西風，讓船又往東漂流了五百里格。此時此刻，船上沒有人知道我們身在何處，連最資深的老船員也毫無頭緒。

雖然糧食充足、船體完整無缺，船員也都很健康，傷腦筋的是船上沒有水了。我們覺得與其往北航行，不如繼續按照原本的路線前進。如果往北抵達**韃靼大陸**的東北部，將會碰到一片冰洋，難保不會迷失方向。

一七〇三年六月十六日，一名年輕船員在桅杆上發現了陸地。

到了十七日，我們終於看清楚那可能是一座大島，也可能是一片大陸。南側有一個突出的小海岬，海灣很淺。

我們在距離海灣一里格的地方下錨。船長認為岸上可能找得到淡水，派了約十位船員帶著水桶，乘小艇出發。我也想到陸地上看看，便請求船長讓我一起去。

我們上岸後才發現，那裡根本沒有河川或泉水，甚至沒有人類活動的跡象。船員們沿著海岸四處尋找淡水，只有我朝反方向獨自走了一英哩左右，沿途寸草不生，放眼望去都是石頭。

我越走越累，也沒發現什麼特別的東西，只好慢慢折回海灣的方向。當大海再度出現在我眼前時，船員們竟然已經乘著小艇，拚命往大船划去。

韃靼大陸

韃靼，音ㄉㄚˊㄉㄚˊ。隔開歐洲和亞洲的烏拉爾山脈西側地帶，也是被稱為「韃靼人」的游牧民族的勢力範圍。

雖然為時已晚，我還是大聲呼叫。這時，我看見一個巨人追著他們跑進海裡。海水的深度只到巨人的膝蓋而已，他緊追不捨，跨出驚人的步伐。不過小船已經划到半里格外了，周圍海域布滿尖銳的岩石，那隻怪物沒辦法追上他們。

事情經過我是後來才聽說的。當時我拔腿就往反方向跑，什麼也沒看到。最後，我爬上一座陡峭的山，終於能夠眺望四面八方的景色。這裡的土地開墾得很整齊，但最令我吃驚的是草的高度。沒被割掉的草，應該是要用來當作乾草吧，竟然有二十英呎（約六公尺）高。

我跑到大路上，不，我以為那是一條大路，實際上只是麥田的田埂而已。我在那條路上走了一小時後，來到麥田的盡頭。抬頭一看，四周竟然圍著一道至少一百二十英呎高的籬笆。要前往隔壁的田地，必須跨越一座很高的階梯才行。

就在我試著從籬笆之間找尋縫隙時，赫然看見一個巨人從隔壁的田地朝階梯走來。他的身高就跟平常在歐洲看到的尖塔差不多，步伐也有十碼這麼長。我看得目瞪口呆，連忙躲回麥田裡。

我看著那個站在階梯上的巨人，只見他回頭望向隔壁的田地，發出打雷般震耳欲聾的聲音。不一會兒，有七個怪物各自扛著比一般大六倍的鐮刀走了過來。從衣著來看，他們應該是第一個巨人的僕人或雇工。第一個巨人交代幾句話後，他們就開始收割我藏身的這塊田地。

我拚了命的逃，想跑得越遠越好。這實在太折磨人了，因為麥桿之間的寬度幾乎不到一英呎，根本鑽不過去，但我還是想盡辦法往前跑。跑著跑著，來到一個地方，這裡的麥子全被風雨吹倒了。

怎麼辦？沒辦法再往前跑了。倒下的麥梗全部纏在一起，無法從下面鑽過去。在我後方，巨人拿鐮刀割麥子的聲音越來越近，聽得出來只剩下不到一百碼了。

我已經精疲力竭、萬念俱灰，索性躺在田間，心想：「不如就這樣死了算了。」

一想到家裡的妻子和即將失去父親的孩子，我不禁悲從中來，對自己的愚蠢感到後悔。為什麼當初不聽她們的勸阻，執意要再次出海呢？這時，我不由得想起先前在厘厘普國的遭遇。

厘厘普人把我當成前所未有的怪物，連一整支皇家艦隊我也能拖著走；如今身在這個巨人國，我卻變得如此不堪一擊，多令人不甘啊。我現在的處境，就像一個不小心闖入我們世界的厘厘普人。要是這些巨大的野蠻人抓到我，可能會一口就把我吃掉。

哲學家說得沒錯，大和小是相對的。就算是厘厘普人，也可能在某個地方找到比他們更小的人；同樣的，就算是這些巨人族，也可能在世上某個角落遇到比他們更大的人。

就在我驚惶失措，又思考著這些事情時，有個收割麥子的巨人已經來到附近，距離我躺著的地方只剩十碼了。

「沒救了，他再前進一步就會踩扁我。不，他可能會用鐮刀把我劈成兩半。」我已經失去求生意志。

就在那個巨人準備跨出下一步時，我忍不住放聲大叫。巨人聽見聲音，立刻停下腳步、低頭四處察看，這才發現我躺在地上。

他遲疑了一下，像要抓什麼危險的小動物一樣（我在英國抓**鼬鼠**的時候，也會做出那樣的舉動），他鼓起勇氣，用手指把我拎了起來，拿到眼前三碼的地方，想看個仔細。我就這樣被吊在離地六十英呎的空中，只好乖乖不動。

我仰望天空，雙手合十，用哀怨乞憐的語氣對他說了兩、三句話，非常害怕他下一秒就會把我甩到地上。幸好，他似乎對我的聲音和舉動很感興趣。聽到我一字一句清楚的說著，嚇了一大跳。

這時，我忍不住發出痛苦的呻吟，淚眼汪汪，低頭看向腰部。我想讓他知道，他的手指捏得太用力，讓我很不舒服。

他好像也明白了我的意思，拉起大衣的衣角，輕輕

鼬鼠
體長約三十至四十公分，毛色為暗褐色，以老鼠或小鳥為食。

把我放下，立刻趕回主人身邊。他的主人是個富有的農夫，也就是我一開始在田裡看到的那個巨人。

農夫聽完僕人的說明後（我從他們說話的樣子猜測的），拾起一根跟手杖一樣長的麥梗，挑了挑我的上衣衣角，似乎認為這是我身上的毛皮。

最後，他小心翼翼把我放在地上，我立刻站起身來，緩緩踱步，讓他們知道我不打算逃跑。農夫和他的僕人圍成一圈坐下，想更仔細的觀察我的一舉一動。

我摘下帽子，對農夫深深一鞠躬，然後跪在地上舉起雙手，大聲對他說了幾句話。接著，我掏出錢袋遞給他。他好像不曉得那是什麼，就算從錢袋裡拿出金幣給他看，他還是一臉困惑。

不過，他好像明白我是有理性的生物了。他發出水車運轉般震耳欲聾的聲音，不斷對我說話，我也大聲回答他，可惜彼此完全無法溝通。

最後，農夫命令僕人回去工作，接著從口袋裡掏出手帕，對折後平鋪在掌心，再把手放在地上，示意我爬上去。事已至此，我只能照做。我緊緊抓在手帕上，以免不小心摔下去。農夫為了讓我更安全，還用手帕多餘的部分裹住我的身體。

就這樣，我被帶回農夫家裡了。

農夫一回到家，立刻呼喚他的妻子來看我。他的妻子一見到我，嚇得尖叫，連忙躲到一旁，就像英國女士看到**蟾蜍**的反應一樣。不過，她在一旁觀察了一會兒，發現我很聽主人的話，便卸下心防，對我非常溫柔。

剛好是中午時分，僕人端著午餐過來了。我一看，在那直徑二十四英呎的餐盤上，堆著滿滿的肉（很符合農家的作風）。

圍坐在餐桌邊的人有農夫、他的妻子、三個孩子和一個老婆婆。大家各自坐定後，農夫把我拎到三十英呎

蟾蜍

背部有疣的大型青蛙。夜行性，行動力不強。眼睛後方有膨大的毒腺，會噴出有毒液體。在歐洲，蟾蜍被視為魔女的手下，認為牠會危害人類和家畜。

高的餐桌上，放在離他不遠的地方。

我非常害怕，拚命遠離桌緣，以免摔下去。女主人幫我把肉切成小塊，又在木盤上弄碎麵包，放到我面前。我向她深深一鞠躬，從口袋拿出刀叉，開始用餐，他們都被我的動作逗得樂不可支。

隨後，主人招手要我走到他的餐盤旁邊，我邊走邊發抖，不小心就被麵包屑絆倒，跌了個四腳朝天。主人最小的兒子就坐在他身旁，才十歲左右，正值調皮的年紀，他一把抓住我的雙腳，把我倒吊在空中，嚇得我魂飛魄散，手腳抖個不停。

幸好，他父親連忙從他手中把我搶了回去，同時在他左臉頰上狠狠打了一記耳光，命令其他人把他帶開。

我很擔心這孩子會不會對我懷恨在心。英國的孩子不也很常捉弄麻雀或小貓？於是，我跪了下來，指指那孩子，設法讓主人明白，我希望他能原諒他兒子。我走到那孩子身旁，親了他的手一下，主人便握住孩子的手，要他輕輕撫摸我。

當我正專心用餐時，女主人的愛貓跳到她膝上了。我聽見一陣驚人的聲響，回頭一看，才發現是那隻貓發出的喉音。據我目測，牠應該有母牛的三倍大。雖然由女主人緊緊抱著，但我看著牠仍感到十分不安。

所幸沒有發生任何危險的事。雖然主人把我放在離牠不到三碼的地方，那隻貓絲毫不把我放在眼中。

面對猛獸，越是逃跑、恐懼，牠們越是緊追不捨，因此我刻意表現出無所謂的樣子，放膽從貓面前經過了五、六次，甚至走到離牠半碼以內的距離，牠反而後退了。以後就算有幾隻狗跑進來，我也不再害怕了。

就在大家快用完餐的時候，奶媽抱著一歲左右的嬰兒進來了。嬰兒一眼就發現我，尖叫起來，想把我當成玩具，鬧起脾氣。

寵溺孩子的母親把我捏了起來，拎到嬰兒面前。沒想到嬰兒一把抓住我的身體，眼看就要把我整個人塞進嘴裡，我不禁放聲大叫，嬰兒受到驚嚇，把我甩了出去。如果不是女主人眼明手快，用圍裙接住我，我恐怕已經摔斷脖子了。

吃完飯後，主人出門巡視田裡的工作情況。出門前，他不斷交代，要女主人好好照顧我。我實在是太累了，昏昏欲睡，女主人便讓我睡在她的床上，在我身上蓋了一條乾淨的白手帕。那條手帕比軍艦的主帆還大，材質非常粗糙。

我整整睡了兩個小時，夢見自己回到家中，和妻小共享天倫之樂。做了這樣的夢，醒來後我深感悲傷。我獨自一人待在一間寬達兩、三百英呎，高達兩百英呎的寬敞房間裡，還睡在一張足足有二十碼寬的床上。女主人把房間鎖上，去料理家務了。

床離地板有八碼高，我想下床去上廁所，但我不敢叫人來，而且就憑我的聲音，應該也傳不到這家人所在的廚房。

就在我猶豫不決的時候，有兩隻老鼠沿著床簾爬了上來，在床上東聞聞、西嗅嗅。其中一隻離我很近，嚇得我跳起來，抽出匕首保護自己。

這兩隻可怕的怪物非常陰險，竟然對我左右夾攻，其中一隻甚至用前腳抓住我的衣領，幸好我及時用刀劈開牠的肚子，沒讓牠傷害到我。另一隻老鼠看到同伴倒下，就想逃跑，我在牠背上也補了一刀。牠逃走後，地上還留下斑斑血跡。

大展拳腳之後，我在床上踱步，順便調整呼吸。那兩隻老鼠不僅大得有如**英國獒犬**，還更加敏捷凶猛。要是我在睡前卸下皮帶，沒有隨身攜帶匕首的話，一定早被牠們大卸八塊，吞進肚裡去了。

不久之後，女主人進了房間，發現我渾身是血，立刻衝上前來抱起我。

我指著老鼠的屍體笑了笑，比手畫腳的告訴她我沒有受傷。女主人這才破涕為笑，呼喚女傭拿火鉗來，把死老鼠丟出窗外。

英國獒犬

原產於英國的犬種中最古老的一種。身高超過七十公分、體重可達九十公斤。天性勇敢、對主人非常忠實，經常被用來當作看門犬。

二　淪為展示品

這家有一個快滿九歲的女兒，年紀雖小，卻相當懂事，不但擅長做女紅，還很會打扮她的洋娃娃。她和母親一起用嬰兒搖籃幫我做了一張床，她們把搖籃放進木櫃的小抽屜裡，再把小抽屜放在懸吊的架子上，這樣就不必擔心老鼠偷襲。住在這裡的期間，那就是我的床了。

小女孩的手很靈巧，我在她面前脫過一、兩次衣服，她就學會如何幫我穿脫衣服了。她用最薄的布料幫我做了七件襯衫和一些內衣褲，但質料還是比帆布粗糙一點。至於那些內衣褲，也都是她幫我洗的。她還當起我的老師，負責教我說他們的語言。我只要用手指出某樣東西，她就教我用當地的話說，才短短兩、三天，我就學會說我想要的東西。

她是一個很貼心的孩子，身高只有四十英呎（約十二公尺）左右，以她的年紀來說，個子矮了一點。她替我取名「格力爾德利」，翻譯成英文，就是「小矮人」的意思。她們全家人也跟著她這樣叫，最後全國的人都這樣叫我了。

我能夠在這裡生存下來，都要歸功於她。在這個國家的期間，我們始終一起行動。我都叫她「葛朗達柯莉琪」，意思是「可愛的保母」。如果不把她對我付出的關愛在這裡記上一筆，那我就是忘恩負義的傢伙了。可以的話，我很想報答她的恩情。

主人在田裡發現珍禽異獸的消息，很快在鄰里間流傳開來。他們是這麼形容我的：大小跟「斯普拉可奈可」（這個國家的一種動物，大約六英呎高，外型很美）差不多，但長得跟人一樣，動作也大同小異；會說某種俏皮的語言，也學了幾句本地話；兩腳直立的走路、性情溫順，一叫就會過來，要牠做什麼就會照做；四肢非常纖細，皮膚比出身名門的三歲小女孩還白。

附近有個和主人很要好的農夫，特地登門拜訪，想要確認傳言是否屬實。主人立刻把我帶出來放在餐桌上。我聽從指令來回走動、抽出匕首、對主人的朋友敬禮，再按照保母教我的，用當地的語言對他說：「您好嗎？歡迎蒞臨寒舍。」

上了年紀的農夫視力不好，戴上眼鏡，想要仔細看看我。我一看他這副模樣，忍不住笑了出來。老頭子的兩隻眼睛，就像透過兩扇窗戶照進來的滿月一樣。

家裡的人知道我不禁失笑的理由，也跟著哈哈大笑起來。這一笑，竟然惹得老頭子臉色大變，火冒三丈。

大家都說他是個死要錢，不幸的是，他們說的沒錯。當初慫恿主人趁著**趕集日**，把我帶到二十二英哩外的小鎮展示的人就是他。我一看到他們兩人對我指指點

趕集日
攤販聚集在都市中心的廣場、販賣各種商品的日子。最初只在與國家或宗教有關的節日舉行，後來成為例行性的活動。

點、竊竊私語的模樣，就知道他們一定是在打什麼歪主意。

隔天一早，葛朗達柯莉琪就設法從母親那兒打聽出來，把一切告訴我了。她心疼的把我摟在懷裡，既傷心又羞愧，痛哭起來。她怕我被粗魯的群眾傷害，擔心那些人會捏死我或折斷我的手腳。而她更知道我是一個自尊自重的人，為了賺錢把我拿去展示，肯定會讓我倍感屈辱。

「爸爸媽媽明明答應要把格力爾德利給我的，現在他們又要像去年那樣做壞事了。去年他們也說好要把小羊給我，可是等小羊一長大，他們就把牠賣給肉販。」她說。

我自己倒是不像她這麼傷心，畢竟就算是英國國王落入我現在的處境，下場也不會好到哪裡。

主人聽從朋友的建議，在下個趕集日把我裝進箱子，讓我的保母，也就是他的女兒坐在後面的馬鞍上，一起前往隔壁的市鎮。箱子四周都密封著，只留下一道小門讓我進出，還用鑽子鑽了兩、三個小洞，好讓空氣可以流通。小女孩細心的在箱子裡鋪上洋娃娃的棉被，讓我可以躺在上面。

不過短短半小時的路程，卻**顛簸**得讓我受不了，因為馬跨一步就有四十英呎，上下擺盪的幅度又大，搖晃的程度簡直不輸狂風暴雨中的船。

主人在他常去的旅社前下馬，和旅社老闆談了一會兒。一切準備就緒後，雇用了一個街頭藝人，到鎮上散布消息。

宣傳的內容如下：「前往『藍鷹旅社』就能看到神奇的生物喔！牠的體型明明比斯普拉可奈可還小，從頭頂到腳趾甲卻和人類一模一樣。不但會說話，還會表演各式各樣的把戲。」

顛簸 簸，音ㄅㄛˇ。因為路面不平坦，晃動得很厲害的樣子。

我被放在旅社大廳的一張桌子上，大廳的面積將近三百平方英呎。我的保母站在桌旁的矮凳上，負責照顧我、對我下達指令。主人擔心場面太過混亂，一次只讓三十個人進來看表演。

我按照保母的命令在桌上走來走去，大聲回答她提出的各種問題，也不斷轉身向觀眾敬禮、歡迎大家。有時我還來不及喘口氣，就必須抽出匕首揮舞幾下；有時葛朗達柯莉琪會遞給我一根麥桿，我就要像耍槍一樣擺弄幾招。

一天下來，我整整接待了十二組觀眾，表演的內容都一樣。聽說這裡有精彩的表演，觀眾蜂擁而至，搞得我精疲力盡，幾乎去了半條命。

除了保母，主人不允許任何人碰我，還用長椅圍住桌子，好讓觀眾無法接觸到我。

即使如此，還是有一個沒規矩的男孩子，用**榛果**對準我的頭丟過來。好險那顆榛果沒丟中，否則我一定會頭破血流，畢竟它就像一顆小南瓜那麼大。看到那個搗蛋鬼挨了一頓揍，最後還被趕出去，令我痛快極了。

主人發現可以利用我來賺錢，打算帶我到全國各大都市巡迴演出。

他準備好長途旅行所需的行李，把家裡的事交代妥當，就告別了女主人。一七〇三年八月十七日，也就是我來到這個國家的兩個月後，我們一行人朝首都出發。首都位於國土正中央一帶，離主人家有三千英哩遠。

主人讓女兒葛朗達柯莉琪坐在後面的馬鞍。她把裝著我的箱子放在膝蓋上，並把箱子綁在腰部。她在箱子內側貼了一層柔軟的布、箱底墊了一層棉被，還幫我放了一張洋娃娃的床，盡量讓我能舒適的待在裡面。

主人計畫在沿途的市鎮演出，如果有人數眾多的村莊或有錢人的宅邸，他也不介意多繞五十或一百英哩路

榛果

榛樹的果實。榛樹是一種落葉灌木，高度約三至四公尺，生長在日照良好的山地上。榛果則是球狀，直徑約一點五公分，富有營養，果仁可以食用。

前往。所幸我們的旅程還算輕鬆，一天走不到一百五十英哩。這都要感謝葛朗達柯莉琪為我著想，好幾次故意哭喪著臉，說她被馬搖晃得好累。

只要我提出要求，她就會把我從箱子裡放出來，讓我呼吸外面的空氣，欣賞一下周圍的景色。不過，每一次她都會用繩子牢牢把我繫好。

我們橫渡好幾條河，每一條的寬度與深度都是尼羅河或恆河的數倍以上。無論是多小的河流，都比從倫敦橋上俯瞰的**泰晤士河**還大。經過十週的旅程後，我不僅拜訪了無數的村莊、宅邸，還在十八座大城市演出。

十月二十六日，我們抵達首都。當地人把這裡稱作「羅布拉爾格拉多」，意思是「世界的榮耀」。主人在

泰晤士河
從英國西南部流入北海的大河。全長約三百五十公里，商船往來相當頻繁。

距離皇宮不遠的大道上找到一間旅社，照例張貼傳單，詳細介紹關於我的一切。

主人在他租下的寬敞房間裡，準備了一張直徑六十英呎的桌子當作我的舞台，並在距離桌緣三英呎處圍了一圈三英呎高的柵欄，防止我摔下去。

每天安排十場演出，每場表演都讓觀眾驚奇又滿意。

這時，我已經很會說這個國家的語言了，他們說什麼我都能理解，也學會了他們的字母。這都要歸功於葛朗達柯莉琪，無論是在主人家或是旅行期間，一有空閒她就會擔任我的老師，努力教導我。

三　獲得王后喜愛

由於每天都要辛苦表演好幾次，才不過兩、三個月的時間，我的身體就開始出狀況了。

主人靠著我的表演，收入越來越多，也更加貪得無厭。我被折磨得完全失去食慾，瘦得只剩皮包骨。主人看了我的模樣，認為我快沒命了，決定趁我還活著的時候大賺一筆。

就在主人如此打算之際，宮廷的使者上門了，傳令主人立刻帶我入宮表演，讓王后和侍女解悶。原來有位侍女看過我的表演，回去後向王后描述了我的容貌、舉止和智慧。

入宮後，王后和侍女們親眼見到我，高興得不得了。她們把我放在桌子上，王后朝我伸出小指，我則用雙手抱住她的指頭，恭敬的親吻指尖。

接著，王后問起我的家鄉和遊歷。我盡量簡要的回答她，於是她問我：「你願意住進皇宮裡嗎？」

我磕頭回答：「我現在是主人的奴隸，如果主人成全，我願意一生為王后效勞。」

王后問我的主人，願不願意將我高價出售。主人認為我可能活不過一個月，這正是再好不過了，於是用一千枚金幣把我賣掉。

王后當場把金幣付清。當時，我對她說：「關於今後為王后效勞一事，我有一個請求。我的保母葛朗達柯莉琪一向對我照顧有加，是否也能召她入宮，繼續擔任我的保母和老師呢？」

王后答應我的請求，保母的父親也當場應允。對主人而言，女兒被召入宮中是求之不得的好事。小女孩也非常高興，興奮之情全寫在臉上。

主人臨走前向我道別：「我替你找了個好去處。」但我沒回他，只是微微點了點頭。

王后察覺我的態度冷淡，詢問究竟是怎麼回事，我也**直言不諱**：

「主人在田裡發現我，當時他沒把我的腦袋劈成兩半，是唯一讓我感謝他的理由。後來他帶我到處表演，賺了一大筆錢，我想我已經充分報答他的恩情。可是這段日子以來，我過得非常辛苦，每天賣命表演，身體都弄壞了。要不是主人以為我快沒命了，大概不可能用這麼便宜的價錢把我賣掉吧。

「不過，今後我有了王后的保護，也就不必再擔心會遭人虐待了。您就像花朵，受到世人喜愛；也像**鳳凰**，受到臣民擁戴。僅僅是待在您身邊，我都覺得精神百倍。」

直言不諱

諱，音ㄏㄨㄟˋ。坦白說出自己的意見。

鳳凰

傳說中的不死神鳥，活到五百歲時，會用有香味的木頭自焚，再從灰燼中以美麗的姿態重生。這裡是用來比喻王后的美貌。

儘管話說得七零八落，我還是盡力表達我的心聲。聽完我的話，王后感到非常驚訝。她沒想到如此渺小的動物，竟然這麼有智慧並懂得道理，便把我放在手心，帶我到國王的房間。

國王看上去頗有威嚴，他瞥了我一眼，似乎也沒看清楚我的模樣，就漫不經心的問王后：「妳何時開始對斯普拉可奈可有興趣了？」

王后很機靈，她讓我站在書桌上，命令我向國王介紹自己的身世。我用簡單易懂的方式說明，還請在門外待命的葛朗達柯莉琪進來，一字不漏的敘述我到她家之後的經過。

國王雖然是這個國家最聰明的學者，在我開口說話前，他見我直立步行的模樣，還以為我是哪位工匠巧手打造出來的**發條**人偶呢。等他聽到我的聲音，發現我講話有條有理，著實嚇了一大跳。

在這個國家，每週都會有三位偉大的學者進宮。因此，國王把當天剛好在宮內的三位學者召集過來。

這些學者仔細端詳我的外貌，每一位的見解都不同，唯一的共識是，我並不是在自然法則下誕生的，因為我既不會爬樹，又無法在地面挖洞，應該很難在自然界生存。

其中一位學者認為我可能是早產的胎兒，但被另外兩位學者反駁了，畢竟我的手腳發育完全，還長著鬍子，他們推測我已經出生很多年了。

他們也不認為我是**侏儒**，因為我實在小得太不合理。在這個國家，即使是深受王后寵愛、最矮的侏儒，身高也有三十英呎（九公尺）左右。

經過一番爭論後，三位學者得出一個結論——我是「上天的玩笑」，也就是在上天的惡作劇下誕生的畸形生物。

發條（第115頁）

機械鐘錶和玩具中常見的一種動力裝置。先手動捲緊細帶狀的鋼條，利用鋼條逐漸鬆開時產生的動力，就能夠發動機器。

侏儒

即使成年之後，和一般人相比也明顯矮小許多的人。在中世紀的歐洲宮廷中，是以逗趣的行為替國王解悶的角色。

他們做出這樣的結論後，我懇求國王聽我說幾句話：

「在我的家鄉，有數百萬男性和女性，都跟我差不多高。那裡的動物、樹木和房屋也都符合我們的身高比例。在那個地方，我可以像貴國的人民一樣保護自己，也能夠堂堂正正的生活。」

我說出這些話，是為了反駁那三位學者的結論，他們卻不屑的笑著回應：「瞧你說得頭頭是道，是那個農夫教你的吧？」

不過，聰明的國王命令那些學者退下，重新傳喚我以前的主人進宮。國王先聽取舊主人的說法，再安排舊主人、我以及他的女兒當面對質，最後判定我們說的是事實。

國王吩咐王后派人悉心照料我，他看我和葛朗達柯莉琪非常要好，決定讓她繼續照顧我。

因此，國王替她在宮內安排了一個房間，派一位女家庭老師負責她的學業。王后命令御用工匠打造一個箱子作為我的寢室。那位工匠的手藝非常精巧，只花三週就按照我提出的需求完成木箱。那是個長寬各十六英呎、高十二英呎的木箱，有窗、有門，還有兩個小房間，和一般英國人家中的寢室格局一致。寢室的天花板裝著兩片可以上下開闔的鉸鏈，家具設計師就是從這裡把床放進來的。葛朗達柯莉琪每天都會幫我把床拿到外面曬太陽，到了晚上再放回原位，並替我把天花板鎖上。

除此之外，一名以作工精細聞名的工匠，替我做了兩把有椅背和扶手的椅子，以及兩張有抽屜的桌子。房間的地板、天花板和牆壁全都貼了一層鋪棉格子布，以免搬運箱子的時候傷到我，也能預防乘坐馬車時搖晃得太劇烈而撞傷。

我怕有老鼠跑進來，拜託他們在門上裝鎖。鐵匠試了很多次，才打造出一把前所未見的小門鎖。

王后非常喜歡我，甚至到了沒有我在就吃不下飯的地步，用餐時間就請人把我的桌椅擺在她的餐桌上，靠近她左手肘的位置。葛朗達柯莉琪則會站在板凳上，從旁照顧我。

我用的餐盤和王后的比起來，簡直就像倫敦的玩具店裡販售的娃娃屋內的餐具。和王后一起用餐的只有兩位公主，姊姊十六歲，妹妹十三歲又一個月。王后總會放一小塊肉到我的盤子裡。我把肉切成小塊食用，而她每次都很感興趣的觀察我這種扮家家酒式的吃法。王后（雖然食量偏小）都是一口吃掉十二個英國農夫一頓飯的分量，這種豪邁的吃法看久了，難免會令我對食物感到厭煩。

每週三是這個國家的休息日，這一天，國王、王后會和王子及公主一起在國王的房間用餐。如今我已深受國王寵愛，每到用餐的時候，我的小桌椅就會被擺在國王左手邊的鹽罐前面。

國王喜歡和我談天說地，他問了我很多關於歐洲風俗、宗教、法律、政治和學術方面的問題，我也盡我所能回答他。陛下的頭腦相當靈活，對於我的說明，他總是能夠提出適切的見解。

不過有一次，我說了太多有關家鄉的事，描述了英國的貿易、海戰及陸戰、宗教分裂與黨爭等情形後，他先用右手把我整個人拎起來，一邊用左手撫摸我，一邊

哈哈大笑。接著，他轉頭對手執白色權杖、站在他身後的首相開口道：

「看來，我們人類的尊嚴實在微不足道，連這些小傢伙都學得有模有樣。他們不但有官位和名號，蓋了幾座小巢穴就稱為房屋、城市，還會打扮、戀愛、戰爭、吵架、欺騙和背叛。」

陛下以輕蔑的口氣滔滔不絕談論著我的國家，聽得我火冒三丈，臉色一陣紅一陣白。

不過，冷靜下來仔細想想，我發現自己越來越困惑，不確定國王這樣到底算是嘲諷還是事實。

不到幾個月的時間，我已經習慣這個國家，不再像一開始那麼懼怕他們龐大的體形。如果此時讓我看到一群身穿華服、裝模作樣的英國紳士淑女，我一定也會想嘲笑他們，就像這位國王嘲笑我一樣。

王后也經常把我托在手掌上，站在鏡子前面。每次看著我們兩人的身影，連我自己都覺得好笑，沒有比這更滑稽的對比了，我甚至開始懷疑自己是不是比原本縮水了一大截呢。

然而，說到這個國家最讓我氣不過的，就是深受王后寵愛的侏儒了。

他是這個國家有史以來最矮的侏儒（是的，他的身高不到三十英呎），看到比他還矮小的我，便對我十分傲慢無禮、充滿敵意。我在王后寢宮的會客室和貴族們談話時，他總是趾高氣揚的從我旁邊經過，不時插嘴譏笑我。面對他的惡意，我也毫不退縮，回嘴道：「喂，侏儒，來分個高下吧。」

有一天，我正在吃飯，不知道我說的哪句話激怒了這個壞心眼的傢伙，他竟然爬上王后座椅的扶手，一把抓住我的腰，將我丟進裝著奶油的銀製大碗裡，然後一溜煙跑走了。

大碗裡的奶油淹到我的下巴，若不是我擅長游泳，早就一命嗚呼了。當時不巧葛朗達柯莉琪在房間的另一頭，王后則嚇得驚惶失措，根本沒想到要來幫我的忙。

最後還是我的保母飛奔而至，將我救了出來，然而我已經吞進一夸脫以上的奶油。她趕緊讓我躺在床上，幸好最後損失的只有一套衣服。

事後，王后命人將那侏儒狠狠鞭打一頓，還懲罰他吞掉一整碗的奶油。此後他便失去王后的寵愛，被打發給某位貴婦人。一想到再也不必見到那個侏儒，我真是太高興了。

王后經常笑我是膽小鬼，還問我：「在你的國家裡，大家都跟你一樣膽小嗎？」她會這麼問，其實是有原因的。

每到夏天，這個國家就會出現煩人的蒼蠅蚊子。這些討人厭的蟲子，每隻都像雲雀那麼大，每到用餐時，就在我耳邊嗡嗡的飛來飛去，害我根本無法專心吃飯。有時牠們會停在食物上大便或產卵，這些巨人沒辦法用他們的大眼睛看清這些事，我這雙銳利的小眼睛可是看得一清二楚。這些蟲子也常停在我的鼻子或額頭上，有時狠狠叮我一下，有時發出惹人厭的氣味。

躲避這些蟲子常讓我筋疲力盡，牠們還會停在我臉上，害我嚇得彈跳起來。先前那個侏儒總是抓了五、六隻蒼蠅，故意在我面前放開，行為跟英國的男孩子沒什麼兩樣。他想藉此嚇唬我，順便討王后歡心。我只好拔刀把迎面飛來的蒼蠅碎屍萬段，大家又紛紛誇獎我的好身手。

直到今天，我依然記得那天早晨發生的事。葛朗達柯莉琪我把連人帶箱放在窗戶旁，好讓我呼吸一下外面的空氣。每次天氣晴朗時，她都會這麼做。我打開箱子的窗戶，在餐桌前坐定，開始享用蛋糕，作為我的早餐。沒想到，一群蜜蜂被香味吸引過來，足足有二十隻以上同時飛進了我的房間，發出比**風笛**還吵的聲音。

有隻蜜蜂搶走了一小塊蛋糕，我還來不及反應時，又在我的臉旁嗡嗡作響，像是隨時要刺我一針似的，我幾乎以為這次真的要沒命了。

不過，我還是鼓起勇氣挺身奮戰，抽出匕首攻擊那些迎面飛來的傢伙。我一共砍死了四隻蜜蜂，剩下的蜜蜂逃走後，我趕忙關上窗戶。這些蜜蜂大概有鷓鴣這麼

風笛

歷史悠久的歐洲樂器，在蘇格蘭地區非常流行，是蘇格蘭傳統文化的一部分。主要構造為皮製的風袋和連接在上面的數根笛子。將空氣透過吹管吹入風袋後，所有笛子會同時發出聲音。

大，我拔下蜂針一看，竟然有一點五英吋長，而且和縫衣針一樣尖銳。
我把拔出來的蜂針妥善保管好，後來連同其他奇珍異寶一起帶回了英國。

接下來，我想簡單介紹一下這個國家。
國王統治的領土長達六千英哩，寬約三到四千英哩。雖然歐洲的地理學家認為日本和加州之間只是汪洋一片，我不得不說，實在是大錯特錯。
我從以前就一直認為，韃靼大陸的另一頭應該也有一塊面積相當的大陸。既然我發現了這個地方，地理學家應該修改所有的地圖和航海圖，把這塊廣闊的陸地和美國西北部連在一起才對。
這個國家是一座半島，東北部有一道三十英哩高的山脈，頂部有火山，人類無法跨越。即使是這個國家最偉大的學者，也不曉得山脈另一邊有沒有人類居住，不，連那裡是不是人類可以居住的地方，都不得而知。
半島三面被海洋包圍，卻一座海港也沒有，因為河川流入海洋的地方都布滿鋒利的岩石，海面波濤洶湧，沒有人會乘船出海，完全與世隔絕。

不過，內陸的大河上則是船來船往，魚產豐富。他們很少出海捕魚，因為海裡的魚跟歐洲的魚差不多大，實在沒什麼用處。他們偶爾也會捕到被沖上礁岩的鯨魚，讓人民歡天喜地的飽餐一頓。

這個國家人口很多，有五十一座大都市、將近一百座城鎮和許多村落。首都羅布拉爾格拉多橫跨河流兩岸，一共有八萬戶人家。此外，國王的宮殿並不是單一的建築物，而是聚集在方圓七英哩內的建築群。

我和葛朗達柯莉琪有一輛皇帝賜予的馬車，家教老師經常帶她去城裡逛街購物，每一次我都會被裝在箱子裡一起帶去。只要我提出要求，葛朗達柯莉琪就會讓我出箱子，將我托在掌心，讓我可以盡情觀察沿路的房屋或行人。

馬車面積幾乎有**西敏廳**這麼大，只是高度沒那麼高。

有一次，家教老師讓馬車停在幾間店鋪前面，一群乞丐下一秒便從馬車兩側湧了上來。當時，我親眼目睹了令人不寒而慄的一幕。有個女人的胸脯長了膿瘡，不但腫得厲害，還布滿瘡孔，其中兩、三個大得連我都鑽得進去。不過最噁心的還是爬滿衣服的蝨子，不但比用顯微鏡觀察到的歐洲蝨子還清晰，甚至看得到牠們的鼻尖像豬一樣到處嗅聞覓食。

我原本是被裝在大箱子裡四處移動，後來王后為了方便我外出旅行，請人做了一個十二立方英呎的小箱子。原本的箱子太大了，不方便放在葛朗達柯莉琪的膝蓋上，放進馬車也很佔空間。

這個旅行用的小房間是正方形的，其中三面牆壁各有一扇窗戶，窗外都加裝了鐵絲網，以防止意外。剩下的那面牆沒有窗戶，只有兩個牢固的扣環。我坐馬車出門時，載我的侍者就能用皮帶穿過扣環，把箱子緊緊繫在腰上。

西敏廳

泰晤士河西岸的西敏寺中最古老、也最大的廳堂，曾經作為重大審判和皇家儀式的場地。

就這樣，我偶爾陪同國王和王后出巡，偶爾去拜訪宮廷的貴婦人或大臣。我想，我能在達官顯要間獲得名聲與敬重，都要感謝國王與王后的厚愛。

四 猴子的惡作劇

迷你的身材讓我多次陷入險境，下面就來分享其中的幾件事吧。

葛朗達柯莉琪經常用小箱子帶我去花園，有時她會把我拿出來放在掌心，或是讓我在地面上四處走走。那個侏儒還在王后身邊時，有次竟然跟著我們來到花園，發生了令我無法忘懷的事。

保母把我放到地上後，我和侏儒身旁剛好有一棵矮蘋果樹，於是我藉題發揮，消遣了他幾句。沒想到那個壞心眼的傢伙，竟然趁我在樹下散步時，用力搖晃我頭頂上的樹，十幾顆大如酒桶的蘋果紛紛掉了下來。我緊急蹲低身子，還是被一顆蘋果砸中背部，撲倒在地上，幸好並沒有受傷。

還有一次，葛朗達柯莉琪把我放在草地上，讓我自由活動，她則和家教老師一起散步到別處去了。這時天空突然下起猛烈的**冰雹**，一瞬間就把我砸倒在地。冰雹的顆粒打在我身上，力道就像網球一樣強勁。

我匍匐前進，設法躲到花圃底下，最後仍然被砸得渾身是傷，休養了十天無法出門。

這其實也不值得大驚小怪，因為在這個國度裡，所有東西都等比例放大了，就算只是冰雹的顆粒，也比歐洲的冰雹大了將近一千八百倍。我實際測量過了，確實是這樣沒錯。

不過，我曾在這座花園遭遇更危險的事。

我常要求保母讓我獨處，因為我想思考一些事情。那次，她把我放在一個她認為很安全的場所，和家教老師等人去了花園另一頭，留我獨自一人。這時，園

冰雹

雨滴落下時被劇烈對流往上吹，遇冷結成顆粒狀的冰，同時不斷吸附周圍的水氣。當冰粒越來越重、氣流無法承受時，就往下掉落到地表，成為冰雹。

丁飼養的**可卡犬**突然衝進花園，跑向我躺的地方。

　那隻狗一嗅到我的味道，直直朝我衝過來將我銜起，搖著尾巴快步跑回主人身旁，輕輕把我放在地上。幸好狗受過良好的訓練，我雖然被銜在牠的利齒之間，卻毫髮無傷。

　與我交情不錯的園丁嚇壞了，小心翼翼的抱起我問：「你沒事吧？」我早已嚇得喘不過氣來，一句話也說不出口。

　過了兩、三分鐘，等我恢復冷靜，他才把我平安送回保母那裡。當時，我的保母已經回到原地，找不到我，喊我的名字也沒人回應，急得像熱鍋上的螞蟻。她知道事情的經過後，激動的責備園丁：「怎麼可以隨便把狗放出來呢！」

可卡犬

身高約四十至五十公分，是一種獵犬，會幫忙尋找獵物。毛色原為白色或白色帶紅褐色斑點，現在已經有許多不同的品種。

除此之外，還有件事讓我不知道該高興還是難過才好。我獨自走在路上時，連小鳥都不怕我。牠們總在距離我不到一碼的地方跳來跳去，悠哉的尋找食物。

有一次，一隻陰險的鶇竟然搶我的食物，把葛朗達柯莉琪給我當早餐的蛋糕啄走了。如果抓住那些小鳥，牠們還會反過來啄我的手指，等我縮手，又一副沒事的樣子，繼續跳來跳去、尋找蟲子或蝸牛。

不過，有次我瞄準一隻**金翅雀**，用很粗的棍子奮力一扔，打中了牠。於是，我抓著那傢伙的脖子，得意洋洋去找保母。

但那隻鳥只是一時昏過去了，沒多久就又醒過來，便猛烈拍打翅膀打到我的頭和身體。我把手臂伸得很長，讓牠沒辦法用爪子抓我。但有好幾次，我都很想

金翅雀

鬆手把牠放走。這時剛好有個僕人趕到，幫我扭斷了小鳥的脖子。第二天，王后就命人將牠做成料理，讓我大快朵頤一番。

王后有時會聽我說航海的故事。如果我一臉消沉，她還會想盡辦法安慰我。有一次，她問我：「你會使用帆或船槳嗎？划個船，對健康也有幫助吧？」

我答道，帆或船槳對我來說都不是問題，我雖然是個船醫，碰到緊急狀況時，也得和船員一起出動。不過，我不曉得該如何在這個國家划船。連這裡最小的船都和我國最大的軍艦不相上下，就算把我划得動的船放進他們的大河裡，我也無能為力。王后聽了，對我說，如果我能設計船，她會請宮裡的工匠替我打造一艘，還能找一個地方讓我划。

短短十天之內，手藝精湛的工匠就按我所說的，替我打造出一艘遊船。船上不僅裝備齊全，空間也十分寬敞，可以同時容納好幾個歐洲人。

船完成後，王后欣喜不已，用裙擺兜著，想讓國王也看看成品。國王命人把水桶加滿水，再把船放進去讓我試划，但水桶實在太小，我根本無法擺動兩支船槳。

不過，王后早就想好別的辦法了。她命令工匠在宮裡的某個房間，沿著牆壁製造一個三百英呎長、五十英呎寬、八英呎深的木頭水槽，把每個角落都牢牢封住，以免漏水。水槽接近底部的地方還有一個排水孔，可以從這裡排出用過的水。如果由兩個僕人共同汲水，大概半小時就能把水槽裝滿。

我經常在這個水槽裡划船消遣，順便替王后和侍女解悶。我靈活的駕船技術，總讓她們看得很開心。

我有時也會升起船帆，由侍女替我搧風。這樣一來，我只要掌舵就好。她們如果累了，就由幾名隨從代替，嘴巴朝船帆吹氣，讓我任意左彎右拐，展現掌舵的本領。結束之後，葛朗達柯莉琪會把船帶回她的房間，掛在釘子上晾乾。

僕人每三天就會換一次水。不過有一次，他不小心把一隻大青蛙從水桶倒進水槽裡。在我上船以前，青蛙一直躲在水裡，後來牠誤以為我的船是個適合棲息的地方，竟然跳上來，害我嚇一大跳。

船向一邊傾斜，我趕緊移動到另一側，維持船身平衡。

跳上船的這隻青蛙一跳就有半艘船的距離，還在我頭頂上來回跳躍，噁心的黏液沾得我滿身都是。看到牠那張巨大的臉，我不得不想，世界上竟然有這麼醜陋的動物。但我還是舉起一隻船槳拚命揮打，好不容易才把那隻青蛙趕下船。

在宮中廚房工作的僕人養了一隻猴子。我在這個國家遭遇過最危險的狀況，就是遇到這隻猴子惡作劇。

有一次，葛朗達柯莉琪不曉得在忙些什麼，把我鎖在她的房間裡，自己一個人出去了。那天天氣非常炎熱，房間的窗戶都開著，連我住的大箱子的門窗也是。當時我在坐在箱子裡的書桌前沉思，突然有個生物從窗外跳了進來，在房裡晃來晃去。我雖然嚇了一跳，還是坐在原位，鼓起勇氣向外看。

於是，我看見那隻猴子跳上跳下，最後跑向我所在的箱子，好奇的從門窗朝裡面望。

我往箱子的最深處躲。不過，那隻猴子可以從四面八方看進來，嚇得我不知所措，甚至沒想到可以躲進床底下。猴子看了一會兒，發現我的身影，於是把手伸進大門，像貓咪在捉弄老鼠一樣伸手抓我。一開始我成功躲開了幾次，最後還是不小心讓牠抓到了我上衣的衣角，整個人被拖出箱子。

猴子用右手舉起我，像奶媽餵嬰兒那樣把我抱進懷裡。我越掙扎，牠抱得越緊，因此我決定乖乖不動。

從牠用另一隻手撫摸我臉龐的動作看來，一定是把我誤認為猴寶寶了。就在牠享受天倫之樂的時候，突然傳來房門打開的聲音。

猴子轉身跳上剛才進來的窗口，一手抱著我，用其餘三隻手腳沿著窗框和**雨排管**爬上隔壁屋頂。

我聽見葛朗達柯莉琪的尖叫聲，那可憐的女孩簡直急瘋了。皇宮的一角掀起一陣騷動，僕人紛紛趕著搬梯子過來。

雨排管
承接沿著屋頂流下的雨水，將水送往地面排掉的管狀設備。

眾目睽睽之下，猴子一屁股在屋脊上坐了下來，底下有數百對眼睛望著牠。牠像抱嬰兒那樣單手抱著我，用另一隻手從嘴裡掏出嚼碎的食物，塞進我嘴裡。我不吃的話，牠還會輕拍我幾下。

底下的人看到這一幕，全都忍不住哈哈大笑。這也無可厚非，我想除了我本人以外，任誰看到這個畫面，都覺得滑稽吧。

這時有人搬來梯子，好幾個人爬了上來。猴子這才發現被包圍了，用三隻手腳也跑不快，就把我留在屋瓦上，逃之夭夭。

我提心吊膽的坐在原地。那裡距離地面足足有五百碼高，感覺我隨時會被風吹走，或是一時頭暈滾了下去。幸好不久之後，保母的隨從爬上來，把我放進褲子口袋，護送我安全回到地面。

由於那隻猴子亂塞東西到我嘴裡，讓我肚子不太舒服，牠還用力在我腰部抓住一下，害我受了傷，整整臥床休養了兩個星期。休養期間，國王、王后和宮裡的人，每天都派人來探望我。

身體復原以後，我去向國王致謝。陛下藉著這場災難嘲弄了我一番，問我如果這件事情發生在我的國家，我會怎麼做。於是，我故意在他面前說大話：「歐洲才沒有猴子，若是有的話，也是從國外帶回來當寵物飼養的。而且，每一隻猴子都很小，就算十隻一起撲上來，也是小事一樁。這次的猴子跟大象一樣大，可我要是真的害怕，早就拔出匕首來教訓牠了。」

周圍的人聽見我的回答，全都當著國王的面放聲大笑。看到他們的反應，我不禁覺得，身在一群望塵莫及的巨人之中，再怎麼逞強也無濟於事。

五　國王的智慧

國王很喜歡音樂，經常在宮裡舉辦音樂會。有時他也會帶我出席，把我的箱子放在桌上，好讓我一同欣賞。

不過，演奏的聲音實在太大，我根本聽不出旋律。就算把我國軍隊的鼓和喇叭全都放到我耳邊演奏，也不會如此震耳欲聾。於是，我要求他們把箱子放得離演奏者越遠越好，甚至把箱子的門窗關上，窗簾也全部拉下。這樣一來，他們的音樂才總算勉強能入耳了。

我年輕時學過一點**翼琴**。葛朗達柯莉琪的房裡也有一台類似的，老師每星期都會來上兩堂課。稱這個樂器為翼琴，是因為形狀和真正的翼琴相似，彈法也很接近。有一次，我心血來潮，決定用它演奏英國的曲子給國王和王后聽。

然而，我實際嘗試以後，才發現彈琴有多困難。他們的翼琴將近六十英呎長，每個琴鍵也有一英呎寬，就算我把手臂張到最大，頂多也只能碰到五個琴鍵。況且，我還得用拳頭用力敲擊，才能按下琴鍵。

於是我想出了一個辦法。

我準備了兩根圓棍，在粗的那一頭包上一層老鼠皮。用這個敲擊的話，既不會破壞琴鍵，也不會影響聲音效果。

接下來，我請他們在翼琴前擺放一張比鍵盤低四英呎左右的長凳，讓我站在上面來回奔跑，用兩根棍子敲打正確的琴鍵，演奏出**吉格舞曲**，國王和王后都聽得很開心。

國王十分賢能、勤政。他經常把我連人帶箱拿回他

翼琴（第139頁）
十六至十八世紀時英國常見的桌上型樂器，外型和鋼琴有些相似。按下琴鍵時，會帶動一個能夠撥動琴弦的構造，發出聲音。

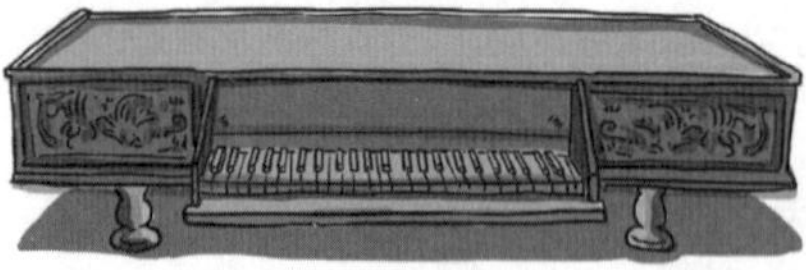

的房間，放在桌上。我會從箱子裡搬出椅子，坐在離國王不到三碼的櫃子上，這樣一來，我就可以和他平起平坐、面對面交談了。

和國王如此交談過幾次後，我鼓起勇氣對他說：「陛下對於和歐洲有關的話題，總是表現出輕蔑的態度，我認為這與您的賢明不太相稱。一個人的理性並非與體型大小成正比，相反的例子比比皆是。即使在動物的世界，大家也都說蜜蜂、螞蟻比體型大的動物更勤勞、能幹，也更聰明。或許在陛下眼裡，我只是個無足輕重的小人物，但我相信總有一天，我也能夠在某些事情上為您效勞。」

國王認真聽我說完，從此提高了對我的評價，還要求我：「把英國的政治制度一一說給我聽。」

吉格舞曲
起源十六世紀英國的三拍子民間舞曲，氣氛歡樂、曲速很快。

於是，我向國王介紹了英國的議會、法院、人口、宗教和歷史。國王聽得比平常更投入，不時抄寫筆記，或把之後想問我的問題記錄下來。

國王確實聰明，只是有時會被偏見誤導。不過，這也不能怪他，因為這個國家完全與世隔絕，無法得知其他國家的風俗習慣。

有一次，我為了討國王歡心，特別向他介紹如何製造歐洲在三、四百年前發明的一種粉末。我這樣告訴他：

「把這種粉末摻在一起，只需要**星星之火**，就能瞬間燃燒。連堆積如山的粉末，也會灰飛煙滅，發出比打雷還大的聲音。

「把這種粉末填入銅管或鐵管再點火，就能發射出

星星之火
比喻火苗很小。

威力強大的鐵彈或鉛彈。假如發射更大顆的彈丸，甚至可以一口氣殲滅整支軍隊。不僅如此，它還能摧毀堅固的城牆，把多艘船隻連同船員一起擊沉。

「此外，把這種粉末裝進大型鐵球裡，利用機械將鐵球投向敵人的城市，球一破裂，就會破壞周圍的道路或房舍，飛散出去的鐵片還能打得人頭破血流。

「我知道如何製造這種粉末，也可以指導貴國工匠製造大型金屬管，長度約兩百英呎就綽綽有餘了。只要準備二、三十根這樣的金屬管，填入粉末或彈丸，就能在兩、三小時內破壞貴國任一座城市的城牆。假如有一天，首都不肯聽令於陛下，要摧毀整個首都也不是什麼難事。

「至今，我已蒙受您許多恩惠，為了報答陛下的禮遇，我隨時都能傳授這份機密，聊表謝意。」

國王聽完我的話，嚇了一大跳：

「格力爾德利啊，你們這些蟲子般微不足道的生物（國王真的是這樣說的），為什麼滿腦子都是如此恐怖的思想呢？看到如此殘酷的畫面，竟然還能夠無動於衷。發明那種殺人機器的，肯定是與人類為敵的惡魔。

「我的確喜歡新發明，但我寧願失去半個國家，也不想知道你說的機密。倘若你還珍惜生命的話，以後不准再提這件事了。」

國王會這樣想，不就是被偏見誤導了嗎？一位才能卓越、見多識廣且深受臣民尊敬的君主，竟然因為「不必要的顧慮」，放棄這獲得龐大勢力的機會。

話雖如此，我無意完全否定這位賢明國王的其他優點。我只想表達我在他們身上看到的缺點，簡而言之，都得歸咎於他們的無知。

六　被老鷹銜走

我一直期盼有朝一日可以重獲自由，可是究竟要怎麼做，我一點頭緒也沒有。畢竟我當初乘坐的船，是這個國家從古至今，唯一一艘被吹上海岸的船。

國王也頒布命令，日後若有船隻出現，務必拖上岸來，把船員和乘客一起押往首都。國王希望找一個身材跟我相近的女性當我的妻子，好讓我傳宗接代。

不過，一想到子孫會像金絲雀一樣被關在籠子裡，供那些達官貴人賞玩，我寧願去死。那不僅剝奪了人類的尊嚴，我也無法忘記留在英國的孩子們。

我想回到可以輕鬆和他人交談的地方，在城裡或郊外行走時，也不必擔心會遇上青蛙或小狗將我踩扁。

然而，重獲自由的日子卻在我意想不到的情況下來臨，請聽我娓娓道來：

轉眼間，我來到這個國家已兩年多，即將邁入第三年。有一天，我和葛朗達柯莉琪陪同國王和王后到南方海岸去旅行。

他們照例將我安置在旅行用的箱子裡，箱子天花板的四個角落都掛上絲線，做出一張**吊床**。這樣一來，就能減弱馬兒前進時顛簸的幅度，我有時也會在那上面睡一覺。此外，我還請人在天花板鑿一個一平方英呎的洞，洞口裝了一塊可以自由開闔的木板，好讓我睡得太熱時可以透透氣。

我們一行人浩浩蕩蕩來到海岸，國王想去距離海岸不到十八英哩的法蘭法拉斯尼克，在附近的行宮度假兩、三天。但我和葛朗達柯莉琪早已精疲力竭，我有一點感冒的跡象，她的情況又比我嚴重多了，整天都待在

吊床

房裡。

我無論如何都想去海邊看一看。要離開的話，那裡是我唯一的出路。於是，我佯裝自己病得厲害，拜託葛朗達柯莉琪：「我想去海邊呼吸新鮮空氣，請妳讓我跟隨從一起去吧。」

她雖然很不情願，還是答應我的請求，再三叮嚀隨從要好好照顧我。說著說著，竟忍不住哭了起來，或許那時她已經有不好的預感了吧。

隨從把我放進箱子，離開行宮。步行約半小時後，來到遍布岩石的海岸。我請他把箱子放下，然後打開天窗，憂愁的望向大海。

望著望著，身體好像真的越來越不舒服了，我對隨從說想在吊床上小睡一會兒，躺回箱子裡。他幫我把天窗嚴密的關上，以免冷空氣灌進來。沒多久我就進入夢鄉了。

在我躺下前，曾看見隨從從岩溝裡撿起一、兩顆鳥蛋。他可能覺得這裡不會發生什麼危險的事，在我睡著以後，獨自跑去尋找鳥蛋了。

他究竟去了哪裡，已經不重要了。我睡到一半突然驚醒，感覺好像有什麼東西在拉扯箱子上的鐵環，差一點把我甩出吊床。接著，箱子被抬到高空中，以驚人的速度前進。我朝窗外一看，除了雲朵和天空，什麼也看不見。這時，頭頂上傳來一陣振翅的聲音，我才明白自己的處境。

有隻老鷹銜住箱子的鐵環在飛。也就是說，牠打算像對付烏龜一樣，把箱子丟在岩石上摔個粉碎，再撿食我的身體。

不一會兒，振翅聲越來越大，箱子開始劇烈上下搖晃。突然，我聽見某種東西撞到老鷹的聲音，感覺自己正以無法置信的速度筆直墜落。

大約過了一分鐘，耳邊傳來一聲比**尼加拉瓜大瀑布**

尼加拉瓜大瀑布
位於北美洲東部、美國與加拿大的交界。高度約五十公尺、寬度約八百公尺，以壯觀的景色聞名世界。

的水聲更巨大的聲響，箱子終於停止墜落了。

有一分鐘左右，周圍一片漆黑。最後箱子浮出水面，光線從窗戶上半部透了進來。原來，我掉進海裡了。

因為我的體重和家具的重量，箱子載浮載沉，大約有五英呎是泡在水裡的。我猜想，也許是其他正在覓食的老鷹，和銜住箱子的老鷹起了衝突，箱子才會掉進海裡。幸好箱子做得很牢固，沒有損壞。

我奮力推開天窗，總算離開吊床。空氣稀薄得害我快窒息了。

明明才分開不到一小時，我卻忍不住想：「要是葛朗達柯莉琪在的話就好了！」明明自己正身陷險境，一想到可憐的保母失去我會有多傷心，就令我十分難受。

我的箱子隨時都有可能四分五裂，即使只是破掉一片玻璃窗，一切都會完蛋。我擔心受怕，漂流了四小時後，突然聽到沒窗戶的那面牆外（有兩個扣環的那一面），傳來一陣摩擦聲。不久，我感覺好像有什麼東西正拖著箱子，在海面上前進。

「說不定有機會獲救。」我的內心湧起一絲希望。

我用盡全力，把椅子固定在天窗正下方，把嘴巴湊近通風口，大聲呼喊救命，並且在手杖前端綁上一條手帕，伸出洞口揮動幾下。

不過，這麼做一點效果也沒有。我只知道確實有東西在拖動箱子。大約過了一小時，有扣環的那一側撞上某個堅硬的物體，接著，屋頂上傳來繩索摩擦的聲音；最後，我感覺箱子升高了約三英呎。

我立刻把綁著手帕的手杖再次伸出天窗，全力呼救。

終於，這一次有人回應了，而且熱烈歡呼了三次。這是我有生以來最開心的一刻。不一會兒，頭上傳來一陣腳步聲，有人用英語對著天花板的洞口喊道：「有人在裡面嗎？在的話就出個聲吧。」

我懇求對方：「我是英國人，不幸遇到了劫難，求求你救我出去吧。」

對方從洞口外回答：「你現在安全了，箱子跟船繫在一起。待會木匠會來鋸開天窗，到時候就可以把你吊上來了。」

於是，我答覆道：「不需要這麼麻煩，找個人用手指勾住箱子的扣環，再從海面上提到船長室就行了。」

對方聽到我這樣胡言亂語，以為我精神錯亂了，有人甚至哈哈大笑。

木匠鋸開天窗後，就由船員把我救上船。他們十分驚訝，問了我好多問題。不過，我根本無心回答。一次看到這麼多小人，連我自己也嚇了一跳。畢竟我已經跟一群巨人生活了好一段時間，這些人在我眼裡自然顯得渺小許多。

船長是個好人，看我快昏厥了，隨即把我帶去船長室，餵我吃強心藥，還讓我躺在他的床上休息。

我沉睡了好幾個小時，精神恢復不少，醒來時，已經是晚上八點左右了。船長可能擔心我長時間沒有進食，立刻派人去準備晚餐。之後，他看我比先前鎮定許多，趁我們獨處時，問我為什麼會困在那麼大的箱子裡，在海上漂流。

根據船長的說法，他是在當天中午左右，從望遠鏡中發現箱子的。一開始他還以為是一艘帆船，派了船員划小艇前去確認。回來的船員異口同聲的說，浮在海面上的是一間房子。於是，他設法把箱子拖近船身。正準備吊起來時，看見一根綁著手帕的手杖從上面的洞口伸出來。他心想，一定是有個可憐蟲困在這個箱子裡了。

我打斷船長的話：「你們發現我的時候，有沒有看到附近有大鳥飛走？」

船長答道：「經你這麼一說，有個船員說看到三隻老鷹朝北邊飛走了，不過他沒有提到老鷹的大小。」

應該是因為老鷹飛得很高，才看起來很小吧。船長不明白我為什麼要問這樣的問題。

我把自己離開英國後，直到得救為止的經歷，一五一十告訴船長。為了證明我說的都是真的，我請人進入箱子，把一起吊上船的櫃子拿過來。櫃子裡有用國王鬍鬚做成的梳子、四根蜂針、王后賞賜的戒指等物品，把這些拿出來讓船長看了之後，他終於相信我說的話了。

船長原本計畫從**越南東京**返航英國，在航行過程中，船卻一路被吹往東北方，最後漂流到北緯四十四度、東經一百四十三度的位置。在我上船後，船沿著**新荷蘭**的海岸前進，最後繞過好望角。我們一路上都很順利，在一七〇六年六月三日返抵唐斯港。

我告別船長，獨自踏上回家的路。不過一路上，無論房子、樹木、家畜或人類，看起來都好渺小，感覺就像來到厘厘普國一樣。每當有人迎面向我走來，我總大聲喝斥：「讓開！讓開！」深怕自己會一腳踩扁對方。因此，別人總認為我態度囂張，有幾次還差點挨揍。

我好不容易抵達家門，正準備走進去時，竟然不自覺彎低了腰，免得一頭撞上門框。妻子飛奔過來要抱我，我卻蹲得比她的膝蓋還低。女兒向我行禮時，我甚

越南東京

越南北部地區，過去曾經是中國的一部分。「東京」是十八世紀初的歐洲人對這個地區的稱呼，現在則稱為北圻。

新荷蘭

十七世紀中葉時，歐洲人對澳洲的稱呼，意指「新的荷蘭」。是當時來到澳洲的荷蘭探險家替這塊大陸所取的名稱。

至試圖用單手把她拎起來，因為我根本看不見她在哪裡。也就是說，我還覺得自己是個巨人，她們在我眼裡都變成了小人。

因為這些奇怪的舉動，大家都以為我精神失常了，像船長當初見到我時一樣。習慣和偏見實在是很奇妙。不過，不久之後，我和親朋好友逐漸能夠互相理解。只是，妻子也要求我千萬別再出海了。

第三部　飛島國（拉普塔）

一　奇怪的人種

回家還不到十天，好望號的船長就來訪了。過去，我曾在這位船長手下擔任船醫。他三番兩次登門，最後終於表明來意：

「我打算在近期出海前往東印度，不知道你是否願意當我的船醫？」

雖然先前有過許多驚險的遭遇，我還是無法克制對環遊世界的渴望。

因此，我們在一七〇六年八月五日啟程，並於隔年四月十一日抵達聖喬治堡。之後，我們繼續航向越南東京。到了那裡，船長決定在當地稍作停留。他還添購了一艘小船，要我率領十四名船員到附近做生意，補貼這段期間的開銷。

然而，我們才從越南東京出發不到三天，就遇上了暴風雨。我們的小船一會兒東、一會兒北，只能隨波逐流。好不容易等到天氣放晴，卻在第十天遇上兩艘海盜船，沒兩下就被追上了。
那些海盜一擁而上，見我們跪地求饒（我命令大家這麼做），便拿出繩子將我們五花大綁，派其中一人看守，其餘的人則到船艙裡大肆搜刮。
他們之中有一個荷蘭人，發現我們是英國人，惡狠狠的對我們說：「我要把你們的手反綁，扔進大海！」
比較大的那艘海盜船，船長是**日本人**。他走到我面前，用不怎麼流利的荷蘭語問了我很多問題，看我答得誠懇，便表示會放我一條生路。
最後，其他船員都被擄上海盜船，放我一人獨自乘著小船在海上漂流，船上只有四天份的糧食。
海盜船遠離後，我拿起望遠鏡四處張望，發現東南方有幾座島嶼。這時剛好順風，大約三小時後，我就來

日本人
這裡指的是「倭寇」。倭寇是當時的日本海盜集團，在中國沿岸及東南亞一帶的海上襲擊船隻、搶奪財物、綁架船員。

到距離最近的一座島了。島上遍布岩石，不過我找到很多鳥蛋。為了節省糧食，我把鳥蛋烤來吃（我隨身攜帶了打火石、火柴和取火鏡等物品），那天就睡在岩壁下。

隔天，我又划向另一座島嶼，然後前往下一座、再下一座，到了第五天，我已經來到視線所及的最後一座島嶼。

上岸一瞧，這座島嶼也布滿岩石，放眼望去只有雜草或芳香的藥草。我拿出糧食吃了一些，把剩下的藏進洞穴裡。接著，我用乾草鋪床，躺在洞裡，幾乎徹夜未眠。身體雖然疲憊，我的內心卻惶惶不安，無法成眠。

我勉強打起精神，爬出洞穴，這時已經日上三竿了。我試著在岩縫間走動。天空萬里無雲，陽光刺眼，我不得不背向太陽。

就在這時，周圍突然暗了下來，感覺卻又不像是雲層遮住太陽。

我轉身一看，在我和太陽之間有個龐然大物，正朝我靠近。那個東西浮在大約兩英哩高的天上，整整遮住了太陽六到七分鐘之久。

隨著那個東西離我越來越近，我終於看出那是個堅硬的物體，底部是平的，被海面反射的光照得閃閃發亮。我那時站在距離海岸約兩百碼的岩山上，定睛一看，它就在我前方一英哩遠處，下降到跟我一樣的高度了。我拿出望遠鏡一窺究竟，竟然看見一大群人，正在傾斜的側面爬上爬下。

「我有救了。」雖然內心這麼想，但親眼看見一座有人居住的島嶼在空中漂浮著，我實在無法形容當下的震撼。

我靜靜觀察了一陣子，發現那座島離我越來越近。島的側面有好幾層迴廊，迴廊之間有幾座階梯互相連通，最下層有幾個人正拿著長釣竿釣魚，還有人旁觀。我對著那座島揮舞帽子和手帕，使盡力氣大聲呼叫。於是，人群紛紛朝我這一側聚集。有些人對我指指點點，還有四、五個人奔上樓梯，消失在樓梯頂端。我猜，他們可能是去請示上級的命令，事後證明我想的沒錯。

不到半小時後，島嶼升高到離我一百碼左右的地方，我可以從正面看見最下層的迴廊。於是我拚命對他們喊話、求救，卻始終沒有得到回應。有一群看起來地位

較高的人站在最前面，頻頻交頭接耳，不知道在商量什麼。終於，其中一人用一種溫和優雅的語言對我說話，我也回應，然而彼此的語言卻不相通。即使如此，對方還是藉由我的肢體語言，解讀出我的請求。

他們比手畫腳，要我從岩山下來，移動到海岸去，我也照著做了。那座飛島的邊緣剛好停到我頭頂上方，他們從最下層的迴廊丟了一條鏈子下來，末端吊著一張椅子。待我坐上那張椅子，他們就用滑輪把鏈子拉了上去。

我一登上那座島嶼，人群立即包圍上來。站在最前方的似乎是上流社會人士，看到我時，他們都嚇了一跳。不過，我看了他們的模樣，也大吃一驚。

我從未見過如此奇怪的人種，外型、服裝、五官全都異於常人。

他們的頭不是向右歪就是向左斜，眼睛一邊往內翻，另一邊向上吊。衣服上畫滿太陽、月亮或星星，還點綴了滿滿的樂器圖案，例如小提琴、長笛、豎琴、小號等等。周圍有幾個僕人模樣的人，手裡都拿著一根木杖，頂端還繫著一顆吹得鼓鼓的動物**膀胱**。後來我才知道，那些膀胱球裡裝著乾豆子或小石子。

僕人們經常會用手中的膀胱球，敲一敲身旁的人的嘴巴或耳朵。最初我並不清楚這麼做的意義，據我觀察，可能是因為這個國家的上流階級非常熱衷思考，不敲一敲他們的嘴巴或耳朵，他們根本不會開口，也不會聽別人說話。

因此，有錢人會雇用敲杖人，出門時讓他們隨侍在側。敲杖人會跟著主人去散步，以免主人太專注思考，不小心跌落懸崖或掉進水溝。

言歸正傳，我在他們的引導下，沿著樓梯爬到島嶼頂端，最後終於順利抵達宮殿，來到會客大堂。王公貴族列隊站在國王左右兩側，王座前有一張大桌子，桌上擺滿地球儀、**天球儀**和各式各樣的科學儀器。

我們一行人浩浩蕩蕩的步入宮殿，國王卻絲毫沒注

膀胱
動物體內用來儲存尿液的器官。

意到我們。他正為了某個問題陷入沉思。直到他解開問題，我們足足等了一小時。

國王身旁站著兩名隨從，手中各拿一根敲杖，他們見國王思考到一個段落，其中一人便輕敲他的嘴巴，另一人則輕敲他的右耳。

這時，國王就像驚醒似的，回過神來看了看我們，這才發現我們的到來。國王說了幾句話後，有個年輕人隨即拿著敲杖走過來，輕輕敲打我的右耳。我向他擺擺手，表示我不需要提醒。

國王問了我幾個問題，我也嘗試用不同的語言與他對話，但他發現我們之間無法溝通，便派人把我帶到宮殿的某個房間。

接著，他們送了一些餐點過來，先前隨侍在國王身

天球儀（第165頁）

一種天文儀器，將星空以球體的形狀呈現，並標出恆星和星座的位置；球體周圍則有代表地平線的木框。觀察天球儀能夠了解星體在不同季節時的位置變化。

邊的四位貴族也來陪我用餐。奇怪的是，這裡的每道菜都切成三角形或菱形，有些甚至還切成長笛或豎琴的形狀。我一邊吃飯，一邊指著各種東西，請他們教我這個國家的語言。那些貴族在敲杖人的協助下，熱情的回答我的問題，過沒多久，我就可以開口指明每一種我想要的東西了。

貴族們用完餐離去後，換另一個人奉國王之命前來，手裡拿著筆、墨水、紙和三、四本書。我從他的手勢得知，他是來教我這個國家的語言。我聽他講了四小時課，由上而下抄寫許多單字，並在旁邊寫上翻譯，也學會一些短句。當老師命令僕人「把那個拿來」、「向右轉」或「坐下」的時候，我都趕緊抄寫下來。

過了兩、三天後，我大致掌握了這個國家的語言精髓。我翻譯成「飛島」的名詞，用他們的語言來說就是「拉普塔」。

國王下令讓這座島往東北方移動，前進至首都拉加多所在的大陸正上方。當時我們與拉加多的距離約為九十里格，前後飛行了四天半才到達。

第二天上午十一點，國王親自率領貴族、朝臣和官員，各自調整好樂器後，持續演奏了三個小時，不曾停下來休息，吵雜的聲音害我都快聾了。聽說這座島上的人有個習慣，每當**天體音樂**在固定時期響起，全宮廷的人就會演奏樂器。

前往首都拉加多途中，國王下令把島停在幾個城鎮和村莊上空，聽取百姓陳情。首先，他們會放下一條繫著小鉛錘的繩子，等人民把陳情書綁在上面，再拉上來；有時也會用滑輪吊起葡萄酒或糧食等等貢品。

他們說話的方式也很怪異，無論談起任何話題，都使用數學（尤其是**幾何學**）或音樂術語來表達。

不過，說到他們蓋房子的方式，還真是亂來。牆壁歪歪斜斜，沒有一間房子裡找得到直角。原來，要他們在紙上用尺、鉛筆或圓規製圖，都十分得心應手，可一旦實際動工，沒有人比他們更笨手笨腳的了。雖然熱衷

天體音樂

西元前六世紀，由古希臘學者畢達哥拉斯提出的理論。他認為宇宙天體會發出人類聽不見的聲音（共振），並且以和諧的狀態運行。

幾何學

數學中，專門研究物體形狀、大小與相對位置等的學問。起源可以追溯至古埃及，是由當時測量田地大小的技術發展而來。

鑽研數學和音樂，對其他事情卻一竅不通；說起話來毫無條理，時常說著說著就吵起來了。

不僅如此，這些傢伙整天庸人自擾，連一分鐘都不得安寧，總在煩惱一些常人幾乎不會煩惱的問題。

他們煩惱的根源，就是擔心天體發生異變。例如，太陽一直往地球靠近，會不會下一刻太陽就將地球吞噬？**黑子**逐漸遮蔽太陽表面，地表會不會有一天不再有太陽照射？上次出現**彗星**的時候，尾巴沒掃到地球，但下次彗星再出現的話，會不會就是世界末日了；太陽每天發光發熱，總有一天會燃燒殆盡吧……他們總是煩惱著諸如此類的問題。

種種憂慮使他們每天夜裡輾轉反側，也無法享受生活的樂趣。連早上見了面，第一句話都是「不知道太陽

黑子

太陽表面肉眼可見的黑點。溫度比周圍區域低，因而呈現黑色，通常會成群出現。

彗星

由冰構成，外觀看起來像拖著尾巴的一種小行星。

的情況如何？日出日落有什麼變化嗎？」或是「彗星好像越來越接近地球了，怎麼做才能逃過一劫呢？」這種心情就和小孩子想聽幽靈或鬼怪故事，聽完卻又怕得無法入睡一樣。

反觀這座島上的女人個個都很開朗，對男人們的擔憂相當不以為然。她們喜歡從地表來到這座島辦事的男人，有些貴族女性甚至追隨心儀的對象，私奔到地表大陸去呢。

我來到這座島嶼才一個月，已經能流利的說他們的語言。當我再次面見國王時，幾乎可以回答所有的問題。不過，對於我遊歷過的國家，以及各國的法律、政治、歷史、宗教、風俗等等，國王一概不感興趣，總是一臉無聊的樣子，他只想知道跟數學有關的事。

我請求國王讓我見識這座島上的奇珍異寶，他立刻就答應了，並且讓教我語言的老師也同行。這座島究竟靠著什麼力量移動呢？就由我向大家說明吧。

首先，這座飛島是圓形的，直徑四英哩半，面積達一萬英畝。厚度為三百碼，最底層是一塊平坦堅硬的石板。那塊石板有兩百碼厚，上方堆疊了一層又一層的礦物，最頂端則覆蓋一層泥土。

島中央有一道直徑五十碼的裂縫，天文學家會從這裡鑽進一個穹頂形的洞窟。洞窟距離島嶼底部一百碼，洞裡點著二十盞燈。此外，還儲備了各種儀器，例如**六分儀**、望遠鏡和天文觀測儀等等。

不過，最稀奇的還是一塊巨大的天然磁石，它掌控著這座島的命運。這塊長達六碼的磁石，長得像織布機的**梭子**，中間用一根堅硬的石軸穿過。以此為軸心，磁石會自由轉動；周圍則有一圈以八根柱子支撐的圓環，磁石的石軸就裝在這個圓環裡。

藉著這塊天然磁石，飛島不僅可以自由升降，還可

六分儀

用來測量兩個目標之間精確角度的儀器，弧長約為圓周的六分之一，因而得名。在海上可以用來觀測天體，以確定船隻所在的位置。

以從一處移動到另一處。由於磁石其中一端對島嶼下方的領土有吸力、另一端則有推力，當有吸力的那端朝下時，島嶼就會下降，而有推力的那端朝下時，島嶼就會上升。此外，如果將磁石傾斜，島嶼也會斜向移動；如果使磁石與地面平行，則會停在原地。飛島就是用這種方式，在地表領土上方自由移動。

不過，這座島嶼無法飛出地表領土的範圍，也無法上升到四英哩以上的高度。一旦超過四英哩，磁石的力量就會失靈；能對磁石發揮作用的礦物，也只存在於地表領土的範圍內而已。

負責操作磁石的是一群天文學家，他們會遵照國王的指示移動磁石。

如果地表領土上有哪個都市叛變或不繳交稅金，國

梭子（第171頁）

和織布機一起使用的工具，能夠來回穿梭，將橫向的線穿入縱向的線之間。

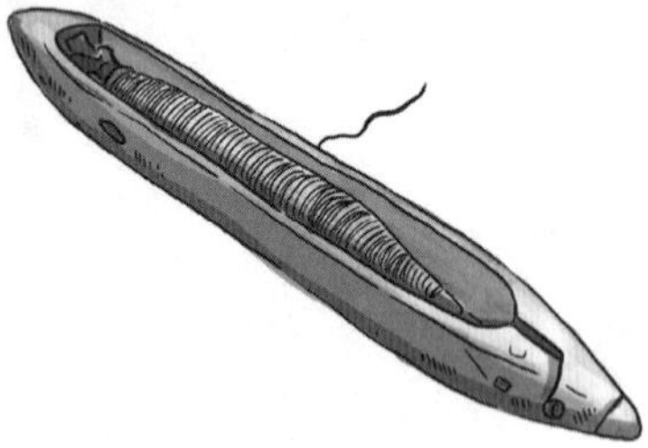

王就會把飛島停在那個都市上空。如此一來，失去陽光和雨水的居民會為飢餓與疾病所苦。更嚴重的情況下，還會從上方砸下巨石，讓底下居民無從反抗，只能躲進地底避難。

不過，假如居民仍然誓死抵抗，國王就會使用最後的手段，直接讓飛島砸在他們頭上。

如此一來，房屋和居民當然都會被壓扁，只是這種情況並不多見，國王也不願見到這種事情發生。畢竟這麼做不僅會召致人民憎恨，飛島急速下降時，底部的石板也會被都市裡的高塔或柱子毀損。底部石板一旦碎裂，飛島就只能留滯地面，再也無法升空了。

據說，大約在三年前，這個王國的第二大都市曾經發動叛變。國王按照往例，把飛島移到那座都市上空，企圖平定動亂，然而底下的居民卻在塔頂裝設了巨大的磁石，想讓飛島掉下來，使國王大驚失色。

此外，根據這個國家的法律，國王、大王子和二王子都不准離開飛島。

二　拉加多的研究所

我在飛島並未遭受任何糟糕的對待，只是總覺得沒有人把我放在眼裡。上至國王，下至百姓，所有人都對數學和音樂以外的事毫無興趣。

另一方面，我看盡這座島上的奇珍異寶，早就對這裡感到厭煩了。他們總是想事情想得出神，和這種人聊天大概是最令人不快的經驗，待在這座島上的兩個月，我只和女性、商人、敲杖人或宮廷的僕役聊天，因此，島上的人更加鄙視我。可是，也只有這些人能正常和我對話。

經過一番努力，我已經完全掌握了這個國家的語言。然而，我不想繼續被一群目中無人的傢伙困在島上，我下定決心，一有機會就要離開這裡。

我拜託一位熟識的貴族替我向國王請求，允許我離開，終於在二月十六日正式告別了這座島。當時飛島剛好停在距離首都兩英哩的一座山上，我再次來到最下層的迴廊，坐上輸送椅回到地面。

國王統治的地表大陸叫巴尼巴比，首都拉加多。踏上堅實的土地時，我鬆了一口氣。我的服裝不但和地表的人一樣，彼此的語言也相通，於是我放心的步行前往首都。我身上有一封介紹信，是熟識的飛島貴族寫的；我帶著信找到一戶叫穆諾迪的人家，他借給我一間房間，並且殷勤的招待我。

隔天早上，穆諾迪帶我坐上馬車，前往市區觀光。這個城市的大小相當於半個倫敦，房子蓋得奇形怪狀，多半荒廢了；路上的行人來去匆匆、目光呆滯，衣著也都很破爛。

馬車穿過城門，來到三英哩外的市郊後，有一群農夫正在用各種工具翻土。但我實在看不出他們在忙些什麼，土壤明明很肥沃，卻看不見任何穀物或蔬菜生長。

城裡和郊外的情景都如此詭異，實在很令我驚訝。我鼓起勇氣，對帶領我的穆諾迪問起：

「這究竟是怎麼回事？城裡和田間都有一大群人忙碌奔走，卻沒看到任何像樣的成果。我從沒見過耕作得如此隨便的田地，或是蓋得如此馬虎的房屋，更別說這裡的人民，大家都苦著一張臉。」

曾經擔任拉加多市長多年的穆迪諾，邀我前往二十英哩外的私人宅邸。在那宏偉的宅邸裡，他趁著晚餐後向我坦承：

「大約在四十年前，有幾個人去飛島上辦事、觀光，在那裡待了五個月左右。他們從那裡帶回一些數學理論，卻只是囫圇吞棗。更令人頭痛的是，他們連飛島人反覆無常的脾氣也一併帶回來了。

「他們回來後沒多久，便開始對這塊土地上的一切挑三揀四，著手建立新的計畫，想要改革所有學問、語言和技術。

「獲得國王批准後，他們在拉加多設立了研究機構。這樣的風氣逐漸蔓延全國，如今不管走到哪個城市，都一定看得到這些機構。

「在研究機構裡，有教授試圖替農業或建築領域設計新的工法，還有教授想替工商業設計新的用具。那些教授總是說：『如果發明了這種工具，一個人就能完成十人份的工作。宮殿只要一星期就能蓋好，往後也不需要修繕；水果可以在任何季節成熟，收穫量也可以提高到以往的一百倍之多。』

「可惜的是，這些計畫沒有一個成功。這段日子以來，國家持續衰敗，百業蕭條，房舍傾倒；人民更是衣不蔽體，食不果腹。

「即使如此，那些教授不但沒有喪失鬥志，反而更加勇往直前，用比以往多五十倍的精力埋首研究。」

穆諾迪如此說明，最後又說：「改天，我帶你參觀這裡的大型研究機構吧。」

從穆諾迪的宅邸返回首都後又過了幾天，我在他的友人帶領下，前往拉加多的大型研究機構參觀。

這個研究機構並非只有一棟建築物，而是由無數的房舍沿著街道兩側建成。

所長非常歡迎我的到來，我連續好幾天都前往參觀。每間研究室各有一到兩名研究人員，我想，我參觀過的研究室應該不下五百間。

第一個見到的學者滿手和臉都髒兮兮的，留著一頭長髮，身上到處是燒焦的痕跡，衣服、襯衫和皮膚也布滿汙垢。

他這八年來，一直在研究如何從小黃瓜裡提煉陽光、裝進容器裡，到了陰涼的夏天，就可以拿出來溫暖空氣。

「再給我八年時間，一定可以研究出成果。只是最近小黃瓜變貴了，真傷腦筋，可以贊助我一點經費嗎？」

他都這樣開口要求了，我只好給他一些錢。

我們走進下一間研究室，迎面飄來一股刺鼻的臭味，熏得我想逃跑。不過，帶我參觀的人一邊推我進去，一邊低聲說：「請別失禮，教授會生氣的。」他這麼一說，我連鼻子都不敢捏了。這間研究室的學者同樣蓬頭垢面，正在研究如何將人體排泄物變回最初的糧食。

還有人想燃燒冰塊製造火藥。

也有一位非常能幹的建築師，研究的是新的建築工法，也就是先蓋屋頂，再蓋地基。他表示，蜜蜂或蜘蛛等聰明的昆蟲都是這樣做的。

另一間研究室裡的人說的話，把我逗得樂不可支。他說他發現一種耕作土地的方法，可以用豬來代替犁與馬。

方法是這樣的：首先在一英畝的土地上，挖出許多深八英吋的洞，洞與洞之間相隔六英吋。埋進大把橡實、**椰棗**、栗子等等豬愛吃的東西後，把六百多頭豬同時趕進田裡。兩、三天後，豬就會為了尋找食物把土都翻遍，人只要接著播種就好，豬糞還可以充當肥料。

不過，實驗後發現，這種方法不但費時費力，還一點收穫也沒有。

椰棗

棕櫚科常綠喬木，高度可達二十五至三十公尺，是中東地區常見的植物。果實大小約三至七公分，很甜、富有營養，也可以曬乾之後食用。

我們走進下一間研究室，裡面從牆壁到天花板，到處都布滿蜘蛛網，只留下供研究員進出的通道。我正打算走進去，就聽見有人高聲喝斥：「不准破壞蜘蛛網！」後來，房裡的人說：「一般人習慣養蠶，但他們都錯了，蜘蛛不僅會織網，還知道怎麼織布，比蠶有用多了。懂得利用蜘蛛的話，連染絲的麻煩都省去了。」說著拿出幾隻五顏六色的蒼蠅，這是他用來餵蜘蛛的食物。他說，蜘蛛吃了這些蒼蠅以後，吐出來的絲也會染上美麗的顏色。

除此之外，我們還參觀了各式各樣的研究室。看完這一排研究室以後，我們又繼續參觀對面的一排。

我們橫越街道，走向研究機構另一側，那裡進行的都是與邏輯思考有關的研究。

蠶

幼蟲吃了桑葉後會逐漸長大，最後吐絲結成白色的蛹，人類再從蛹抽取絲線來使用。據說一隻蠶可以吐出一千五百至兩千公尺的絲。

我在那裡見到的第一位教授，正和四十位學生聚在一個寬敞的房間裡，裡面有個幾乎塞滿整個空間的大框架。見我一直盯著框架看，教授便向我介紹：「學習技術或學問是非常耗時費力的事，不過，只要使用這個裝置，再怎麼無知的人都可以不費吹灰之力，輕鬆寫出哲學、詩歌、政治、法律、數學或神學方面的書。」

在這個二十英呎見方的框架表面，排列著許多骰子大小的木塊。木塊之間用細鐵絲相互連接，每一面都隨意寫著這個國家的單字。

在教授的一聲令下，學生轉動了框架周圍的四十個手把，單字的排列組合就完全改變了。之後，由三十六位學生把內容朗讀出來，另外四位學生負責把成功構成句子的部分抄寫下來。教授說，他們總有一天可以編出一本完整的百科全書。

接著，我們參觀了一間研究各國語言的研究室，裡面有三位教授正在思考如何改良這個國家的語言。

第一個方案是長話短說，盡量縮短單字的長度。

第二個方案是廢除所有語言。這個方法既簡單又有益健康，因為不說話就不會用到肺，自然不會縮短壽命。

他們為此想出一種方便的做法。他們認為，語言就是用來指稱「物品」的名字；如果遇到需要使用語言的情況，把「物品」帶去給對方看就好了。

不過這種做法還有一個問題，萬一想表達的東西太大，甚至數量很多的時候，如果沒有僕人幫忙，就得自己背一堆需要的「物品」出門。

我常看到這兩位學者像歐洲的行商一樣背著沉重的行李，幾乎要被肩膀上的重量給壓垮。兩人在街上碰面後，各自放下行李，打開背袋，一一把東西拿出來；接著連續「講」一小時的「話」，講完後又把東西收好，幫忙對方背起行李，互道再見。

之後，我又參觀了一間研究數學的研究室。

這裡的教授正用一種歐洲人無法想像的方式教導學生。首先，他用一種特殊的墨水，把數學問題和答案寫在薄薄的糯米紙上；學生空腹吞下這些糯米紙，接連三天只吃麵包或喝水。隨著糯米紙在體內消化，題目也會和墨水一起循環到頭頂。

不過到目前為止，這個方法還沒成功過。因為喝下這種墨水會使得身體不舒服，學生都偷溜出去，把嘴裡的東西吐掉。

接著，我來到一間探討如何改良政治的研究室。

由於人民抗議君主的寵臣記性不佳，研究室裡一位優秀的醫師提出了解決辦法，他說：

「面見首相等官員時，應該盡可能明確表達來意。告辭時可以捏一下對方的鼻子、踹一下肚子、踩一下腳、拉三下耳朵，或掐手臂直到對方受不了為止。這樣一來，相信他們就不會貴人多忘事了。

「之後每次面見官員時，只要重複同樣的做法，直到事情順利解決，或是被拒絕為止。」

此外，這位醫師還想出一種駭人聽聞的方法，據說可以解決政黨間的紛爭。方法是這樣的，首先，從兩黨幹部中各選出一百人，把頭圍相似的兩人分為一組。分配完畢後，請技術高超的師傅把兩人的頭對半切開，再把切下來的部分互相交換，跟對方的頭縫合。如此一來，一個頭蓋骨裡就會有兩種不同的腦袋，自然可以琢磨出兩黨一致認同的想法。

我還聽到有兩位教授激烈爭辯，如何才能讓人民在不痛苦的情況下繳納稅金。其中一位教授表示，只要對缺德或愚蠢的行為課稅即可；另一位教授的意見卻相反，認為應該對人們感到自豪的特質課稅。

三　亡魂之島

參觀過大型研究機構後，我實在無心繼續在這個國家停留，返回英國的念頭也越來越強烈。

在先前提到的地表大陸上，有一座面對太平洋的港口，與另一座名叫拉戈納格的大島常有貿易往來。從拉戈納格島往西航行約一百里格，就是日本了。據悉，日本的幕府將軍與拉戈納格的國王結為同盟，兩國船隻往來密切，因此我決定先到那裡，再繞道回歐洲。

我告別對我照顧有加的穆諾迪，帶著他送我的禮物，離開了拉加多。

然而，我抵達港都馬多納達後才發現，未來一段時間都不會有船開往拉戈納格。我很快就跟當地人成為了好朋友，有位紳士向我提出邀約：

「既然開往拉戈納格的船還要再等一個月，附近有一座名叫格拉達多利的小島，距離這裡只有五里格。我和我朋友可以帶你去，讓我來準備一艘小型的帆船吧。」

格拉達多利是「魔法師之島」的意思。統治這座島的是某個部落的酋長，部落裡全都是魔法師，酋長則是其中最年長的一位，平日住在一座金碧輝煌的宮殿裡，擁有廣達三千英畝的土地。

酋長和他的家人由一群僕人伺候著，但這些僕人的來歷非常奇妙，他們是由酋長用魔法召喚來的亡者，不過魔法只能維持二十四小時，且三個月內也不能再召喚同一個人。

上午十一點，我們抵達了那座島。帶頭的那位紳士前往拜訪酋長：「我們有一位從國外來的朋友想見閣下一面，您是否願意接見他呢？」

酋長當場就同意了。於是，我們三人通過大門步向宮殿，兩旁都是站崗的衛兵。他們的裝束十分古典，臉色卻相當詭異，令人不禁背脊發涼。

我們和一群衣著相同的僕人擦身而過，穿過幾間房間，終於抵達謁見廳。恭敬的行禮三次，回答兩、三個問題後，才獲准坐在離酋長最遠的椅子上。

酋長會說巴尼巴比語，要求我分享旅行見聞，還用手勢示意僕人退下，可能是希望我不要太過拘束。

於是，那些僕人竟然像幻影一樣憑空消失，我一時之間嚇得愣住了。見我吃驚的樣子，酋長對我說：「沒什麼，不必大驚小怪。」

我轉頭看看旁人的反應，大家似乎早就習慣了，同行的兩位紳士也無動於衷。我只好強打起精神來，向酋長分享我的冒險經歷，但我一邊說話一邊發抖，不時轉頭去看剛才亡魂僕人站立的地方。

稍晚和酋長一起用餐時，桌邊伺候的亡魂又換了一批。不過，我已經不像剛來時那麼害怕了。

我們聊著聊著就到傍晚了，酋長提議讓我在宮裡小住幾天，但我拒絕了他的好意。當晚，我們睡在附近城鎮（這座小島的首都）的民宅裡，隔天早上再度前往拜訪酋長。

就這樣，我們在島上待了十天，白天幾乎都和酋長一起度過，晚上再回到民宅過夜。

大概從第三或第四天起，我就對亡魂見怪不怪了。不，應該說我還是會害怕，只是好奇心戰勝了一切。酋長對我說：「我可以幫你召喚出任何一個你想見的亡者，有什麼問題想問的，也可以請他們回答。」

從我們所在的房間看出去，正好是一片遼闊的庭園。我想見識一下氣勢磅礴的場面，於是要求道：「請讓我看看**亞歷山大大帝**戰勝後，率領全軍凱旋歸來的英姿吧。」

酋長揮了揮手指，窗戶下方就立刻出現當時的情景。亞歷山大大帝也被召進房間內，可惜我聽不懂他說的希臘語。

接下來，我請他讓我見見翻越阿爾卑斯山的漢尼拔。

此外，我也看了凱薩與龐培兩軍對峙，戰事一觸即發的那一幕，以及凱薩最後舉行的凱旋儀式。

我還想見一見歷史上偉大的學者，特地騰出一天的時間，請酋長召喚荷馬與亞里斯多德，以及所有替兩人的著作寫過註解的學者。

這下可一次來了好幾百位學者，人多得房間都擠不下了。至於誰是荷馬，誰是亞里斯多德，我一眼就分辨出來了。

荷馬身材高䠷，五官輪廓分明，昂首闊步，眼神無比銳利；亞里斯多德則彎腰駝背，手拄拐杖，臉頰削

亞歷山大大帝（第189頁）
馬其頓王國（地理位置約在現今的希臘北方）的國王，在位時間為西元三三六至三二三年。他建立了橫跨歐、亞、非三洲的大帝國。

瘦，頭髮稀薄，聲音有氣無力。兩人從來沒見過，也沒聽過其他學者。

除此之外，我還見到許多歷史人物，前後花了五天時間與他們交流，連羅馬帝國的幾位皇帝也見到了。

最後，帶我來格拉達多利的紳士，臨時有急事必須趕回去，我也該離開這座島了。和酋長告別後，我就隨著兩位紳士返回港都馬多納達。

大約兩星期後，我終於等到前往拉戈納格的船。兩位紳士與當地的人們非常熱情，不但替我準備好糧食，還目送我遠行。

船在海上航行了一個月，途中一度遭遇狂風暴雨，最終還是在一七〇八年四月二十一日平安抵達了拉戈納格王國。

我們先把船駛進一條河流，沿著河開往拉戈納格島東南方的港都克梅格尼，在距離城鎮一里格的地方下錨，示意岸上的人替我們安排**領航員**。不到半小時後，兩位領航員就搭上我們的船，帶我們前往離城牆不到一鏈的寬闊內港。

然而，船上的船員似乎把我的事透露給領航員，領航員便通報海關，表示我是外國人，而且是個四處遊歷的旅行家。上岸之後，我受到海關人員的嚴密調查。

海關人員用巴尼巴比語向我提問。由於這個國家和巴尼巴比之間貿易往來相當頻繁，大部分的人都會說巴尼巴比話。

我簡短回答了幾個問題，盡量不露出破綻。唯獨國籍，我認為最好還是掩飾一下，便謊稱自己是荷蘭人，接下來想去日本，也知道荷蘭人是唯一獲准出入該國的歐洲人。於是我對海關人員說：

「我的船在巴尼巴比海岸觸礁後，被救上飛島。我想前往日本，找一艘船返回荷蘭去。」

聽我這麼一說，他們立刻通報皇宮，同時告訴

領航員（第191頁）
船隻或飛機行駛時，負責提供方位、航向、氣象等資料的專業人員，幫助駕駛員正確操縱飛機抵達目標、脫離危險區。

我，在接獲指示前，大約要等兩星期，期間必須先把我拘禁起來。他們把我帶到附近的宿舍，派一個人負責看守。不過，我可以在寬闊的花園中自由活動，費用也全部由國王負擔。我就像個客人一樣，沒有特別不便的地方。

此外，也有些人聽說我來自遙遠的國度，好奇的跑來探望我。我雇用了一個同船的年輕人當翻譯，因此能夠和那些訪客交談。

過了兩星期，皇宮的指示下來了。他們將派出十名騎兵，護送我和我的隨從前往托拉多勒達（這個王國的首都）。

說是隨從，也只有幫我翻譯的那個年輕人一人而已，是我拜託他陪我一起前往的。

到了出發那一天，使者先前往皇宮，通知國王我即將抵達，並請示國王，我何時能夠「舔舐陛下腳下的灰塵」。

我原本以為，「舔舐灰塵」是這個國家的宮廷用語，大概類似「面見國王」的意思，沒想到就是字面上的意思。

抵達托拉多勒達的第二天，我獲准面見國王，並奉命趴在地上，邊舔舐地板的灰塵，邊爬到國王跟前。他們顧及我是外國人，把地板擦得特別乾淨，因此我覺得舔個灰塵也沒什麼大不了的。

不過原來這其實是一種殊榮，只有地位最高的人才能這麼做。面見國王的人如果在宮中樹敵，敵人還會故意在地上灑滿灰塵呢。

我看過一位高官爬到王座附近時，嘴裡已塞滿灰塵，一句話也說不出口，還不能在國王面前吐口水或擦嘴巴，否則會被判處死刑。

另外還有一種我無法認同的做法。國王想不動聲色的處死某位貴族時，便會命人在地板上灑下劇毒的粉末。據說舔過這種粉末，二十四小時內就會喪命。不過，國王其實還是很仁慈，每次用這種方式執行死刑後，都會派人把地板上的毒粉徹底清除。

不過我聽說也曾發生過意外。有次，國王下令鞭打某個犯錯的隨從，隨從遭到處罰後，被指派去清潔地板，他故意偷懶，導致一位前途無量的年輕貴族舔了毒粉，死得不明不白。

國王畢竟是個慈悲的人，這名隨從發誓不會再犯，國王便赦免了他的鞭刑。

我透過翻譯回答國王的問題，他似乎非常喜歡和我聊天，還派人替我張羅了許多事。在國王的盛情招待下，我在這個國家停留了三個月。

四　長生不死人

拉戈納格人溫文有禮，我在這個國家結交了許多上流階級的朋友。也多虧有翻譯同行，我才能愉快的和他們談話。

有一次，一位紳士問我：「你見過這個國家的『史卓德布勒格』，也就是『長生不死人』嗎？」

我說沒見過，並反問對方：「人總有一死，怎會有『長生不死人』呢？」

他告訴我，雖然非常罕見，但孩子出生時，左額眉毛上如果有一塊紅色的圓形胎記，就代表這個孩子會長生不死。這塊胎記在十二歲時會變成綠色，二十五歲時變成深藍色，四十五歲時變成黑色，之後就不再改變。

全國之中，有一千一百名這樣的人，其中住在首都的大約五十人，有一個還是三年前才出生的女孩。他們的誕生並非取決於血統，因此就算是史卓德布勒格的孩子，同樣也會死亡。

這些話令我情不自禁讚嘆：「這個國家的人民真是太幸福了，竟然會生出長生不死的孩子！史卓德布勒格絕對是全世界獨一無二、最幸福的一群人了，因為他們一點也不需要害怕死亡。」

奇怪的是，這麼優秀的人種，我怎麼從沒在宮裡見過呢？我毫不猶豫的跟那位紳士說我想當面與那些史卓德布勒格聊一聊。

他臉上浮現一抹奇怪的笑容，答應我只要有機會，一定會帶我去拜訪那些人。後來，他也真的實現了承諾。

見面後，史卓德布勒格先用他們的語言交談了一會兒，才由帶我去的那位紳士以巴尼巴比語翻譯給我聽。他們想知道，如果我生為長生不死人的話，會想度過什麼樣的人生。

我這樣回答：「如果我幸運的生為史卓德布勒格，首先我會不惜一切的賺取錢財。只要我開源節流、生財有道，我想兩百年以後，應該就可以成為全國最富有的人了吧。

「其次，如果我從年輕時就努力向學，也終究會成為最富學識的學者。

「最後，我想把社會上所有重要的事件記錄下來，詳實記載關於風俗、語言、流行或服裝等等的演變。如此一來，我就能成為大家眼中的活字典了。

「過了六十歲後，我要培育青年才俊。我想從我的回憶或經驗當中，傳授他們美德的重要性。

「不過一直陪在身邊的，也只有和我一樣的長生不死人，就算我想跟一些普通人交朋友，久了以後，還是會對他們的死亡無動於衷，繼續跟他們的子孫交朋友吧。就像每年欣賞**石竹**或鬱金香盛開的人，並不會對前

石竹

多年生草本植物，夏季會開粉紅色的花。被視為神聖、美麗的花朵，中世紀起常用於裝飾教堂。

一年凋謝的花感到惋惜。

「隨著時間流逝，我或許會期待見證古都化為廢墟、無名鄉村發展為都市的過程；也可以看到大河變成小溪，野蠻民族成為教化之民。

「此外，我不但能夠見證**永恆運動**或萬靈丹等等發明，也許還能盼得天文學上驚人的發現。」

我答完，隨行的紳士替我翻譯給那些史卓德布勒格聽。他們頻頻交頭接耳，甚至有人看似在嘲笑我。

一會兒後，替我翻譯的紳士說：

「他們說，你似乎對他們有嚴重的誤解，希望能糾正你的想法。

「史卓德布勒格只在這個國家出生。我身為外交使節，走訪過巴尼巴比和日本，但兩國的人們都不相信有

永恆運動

施力一次之後，就能夠永久擁有動力。歷史上不斷有科學家試圖製造出這樣的機械裝置（即永動機），但學界已經認定這種理論違背了自然定律。

這種人存在。和這兩國人談話之間，我發現長生不死是人類一致的願望。即使是一腳已經踏進棺材的人，也會努力不讓另一隻腳踏進去。

「但在這座拉戈納格島，沒有人想要長生不死，因為他們都看過真正的史卓德布勒格。

「你以為他們會永遠青春、健康、精力充沛，可是其實隨著年齡增長，他們不僅要忍受伴隨衰老而來的種種不便，還得煩惱如何度過永無止盡的人生。」

紳士說完這些話後，繼續向我描述這個國家的史卓德布勒格。

詳情是這樣的：他們在三十歲前和一般人沒有不同，三十歲後會開始變得衰弱，並一路衰弱到八十歲為止。活到八十歲時，不但會患上老年人才有的毛病，還會因為永遠死不了而悲觀，進而影響到人際關係，也逐漸無法體會常人的情感。

同時，對於他人的嫉妒也會越來越強烈。他們嫉妒年輕人，因為自己無法再像年輕人那樣享樂；也嫉妒死去的老人，因為自己無法壽終正寢。

過了八十歲，他們就由國家的法律認定為死亡，財產即刻由子女繼承，只留下少許生活費。

到了九十歲，齒搖髮落，食不知味，有什麼就吃什麼；他們也會生病，病情始終沒有好轉或惡化，症狀卻一直持續；說話說到一半會忘記親朋好友的名字，看書時也會因為記憶力衰退、連一篇文章都無法讀完。

紳士告訴我的，大致就是這些了。

老實說，我從沒見過比他們更令人反感的人，女性又比男性更為嚴重。她們不僅有一副醜陋的老人皮囊，衰老的程度也會隨年齡增長而加劇，直到難以形容的地步。假如有六個史卓德布勒格聚在一起，即使只差了一、兩百歲，我還是能夠一眼分辨誰的年紀最大。

這些見聞，讓我對長生不死的嚮往消失殆盡。

國王聽聞我和朋友的這番談話後，幸災樂禍的對我說：「不如送兩個史卓德布勒格到你的國家如何？這樣你的同胞或許就不害怕死亡了。」不過，這個國家的法律當然是禁止這種行為。

國王一直想在宮中替我安排一個職位，最後看我下定決心要回國，還是允許我離開，親自替我寫了一封介紹信給日本天皇。

除此之外，國王賜給我四百四十四枚金幣和一顆紅色的鑽石。回到英國後，我用一千一百英鎊的價格賣掉了這顆鑽石。

一七〇九年五月六日，我告別拉戈納格國王和所有朋友，在國王的熱心安排下，由侍衛護送到島嶼西南角的港都葛朗格恩斯塔。

我在葛朗格恩斯塔等了六天，終於找到一艘能載我去日本的船。前往日本的航程總共花了十五天。

我們登陸的地點是日本東南方的港口小鎮觀音崎。這個小鎮位於一處狹窄海峽的西岸，海峽向北延伸，形成細長的海灣，海灣的西北岸就是首都江戶。

上岸後，我把拉戈納格國王寫給日本天皇的信交給海關人員，他們相當熟悉拉戈納格國王的印記。印記大小相當於我的手掌，圖案是國王從地上扶起一位跛腳乞丐。城裡的官員聽說我有介紹信，就以外交使節的禮儀接待我，安排馬車與僕人送我到江戶。

我在江戶獲得天皇召見，親手呈上那封信。他們先以隆重的儀式拆信，再由翻譯官向天皇說明內容。翻譯官向我轉述：「有任何要求，請您提出無妨。為了親如兄弟的拉戈納格國王，天皇陛下會盡量滿足您的一切需求。」

這位似乎是專門負責與荷蘭人交涉的翻譯官。他認為我是荷蘭人，全程用荷蘭語和我交談。

我照著先前想好的答案回覆：「我是來自荷蘭的商人，我的船在遙遠的國度觸礁了，歷經許多波折，抵達了拉戈納格，再搭船來到日本，因為我聽說荷蘭人會來此地進行貿易。可以的話，我想跟隨我的同胞一起回到歐洲，懇請陛下將我安全送往長崎。」接著，我提出另一個請求：「懇請陛下讓我免於『**踏繪**』儀式，因為我不是為了貿易而來，而是不幸遇難，才輾轉來到此地。」

翻譯官代我稟告天皇後，天皇頗為吃驚：「你是我見到第一個不想踏繪的荷蘭人，讓人不得不懷疑，你是否真的是荷蘭人。其實你是真正的基督教徒吧？」

不過，天皇看在拉戈納格國王的面子上，還是承諾我：「就按照你的意思去做吧，不過這件事情必須處理得很巧妙，假裝是負責的官員一時疏忽才行。」

那時正好有一支部隊準備前往長崎，天皇便指派隊長將我護送到目的地。

經過一段漫長的旅程後，我終於在一七〇九年六月九日抵達長崎。我很快就在當地結識一群荷蘭人，他們是來自阿姆斯特丹的安波那號船員。我原本打算按照對方的開價支付船資，船長得知我是醫生，表示如果我願意擔任船醫，費用可以減半。

在我們上船前，船員不斷問我有沒有完成踏繪儀式，我總是含糊其詞。沒想到，竟然有個壞心的僕役去向官員告狀。不過，官員早就接到命令，對我睜一隻眼

踏繪（第203頁）
當時日本禁止基督教，因而發明了踩踏聖像和聖物的儀式，用來測試來到日本的外國人是否為傳教士。

閉一隻眼，那個僕役反倒被罰用竹杖狠狠打了二十下。

返航途中並沒有發生任何奇怪的事。船繞過好望角後，順利在四月六日抵達阿姆斯特丹港，我又從那裡搭上一艘前往英國的小船。

小船在一七一〇年四月十日抵達唐斯港。隔天早上，我踏上久違的英國，下一刻便朝瑞德里夫出發，當天下午兩點就回到家，也見到了我的家人，他們都平安健康。

第四部　智馬國（慧駰）

一　猢猻

回家後，我和妻兒共度了五個月。我終究還是無法抵抗大海的誘惑，而這次找上門的，是擔任冒險號船長的邀請。

我們在一七一〇年九月七日從樸茨茅斯啟航。船行經熱帶時，有幾名船員因為**熱射病**而喪命。我決定繞到**巴貝多島**和**背風群島**，在當地招募一些替代的人手。

不過，這卻是個錯誤的決定。這一批新雇用的船員，幾乎都當過海盜。

這群海盜煽動其他船員一起劫船，把我這個船長囚禁起來。某天早上，他們闖入我所在的船長室，將我五花大綁，威脅道：「要是敢輕舉妄動，就把你扔進海裡。」

「事到如今，我也只能乖乖就範了。」聽我這麼說，他們便替我鬆綁，改用一條鐵鍊將我的一隻腳拴在床腳，派了一個人拿著槍在門口看守，下令如果我想逃就把我殺了。雖然會有人送食物到我的房間來，不過整艘船的指揮權已經被奪走了。

船在海上航行了幾個星期，我始終被關在房間內，完全不曉得船開往哪裡。

一七一一年五月九日，有個人走進我的房間，對我說：「船長命令我放你上岸。」

我乘著小艇來到一里格外的海面，被丟在淺灘上。我請求他們告訴我這裡究竟是什麼地方，他們只說不知道，丟下一句：「趁著漲潮前趕快離開吧，別被捲走了。」接著就划小艇離我而去。

我就這樣被拋下，只好往前走，不一會兒就走上岸

熱射病（第209頁）
因為溫度及溼度過高，使人體體溫調節功能失調，產生嚴重中暑的症狀。患者會因為體溫過高而意識不清，也有可能導致死亡。

巴貝多島（第209頁）
西印度群島最東邊的島嶼，十七世紀初成為英國屬地，也是著名的砂糖產地。西元一九六六年已獨立建國。

了。我坐在堤防上小歇，思考未來的對策。

稍微恢復力氣後，我邁開步伐，繼續朝內陸前進。我已準備好，若是遇到原住民，便掏出手鐲或玻璃戒指等等小東西，求他們饒我一命。

放眼望去，只見成排的樹木和遍地野草，還有幾塊**燕麥**田。我走得小心翼翼，深怕隨時遭到襲擊。走著走著，我來到一條踩出來的路，上面有很多人類和牛的足跡，但最多的還是馬蹄的印子。

最後，我發現田裡有幾隻動物，樹上也有一、兩隻，牠們的模樣醜得令人吃驚。為了看得更仔細，我偷偷躲進茂密的樹叢。

其中有幾隻踱到樹叢附近，我總算可以一睹牠們的真面目。牠們的頭和胸都長滿了毛，背部和小腿也都長

背風群島（第209頁）
西印度群島的一部分，與帆船時代由歐洲航向美洲的順風路線上會經過的向風群島相對，因而得名。

著長毛。不過，其他部分卻光禿禿的，露出黃褐色的皮膚。牠們沒有尾巴，大部分都坐在地上，也有一些用後腳站立。前腳和後腳都有又長又銳利的爪子，能像松鼠一樣靈活的爬到大樹上，有時還會上下跳竄。

我經常在各地旅行，從沒見過如此醜陋、噁心的動物，光是看著都令人反胃。因此，我轉身走回剛才的路，暗自希望能在某處發現當地居民的小屋。

走沒多久，眼前竟然出現一隻剛才的動物，正朝著我走來。那隻動物一見到我就皺起臉，直直盯著我看，像是從沒見過這種生物似的。接著，牠靠近我，莫名其妙舉起一隻前腳。

我抽出匕首，用刀背狠狠打了牠一下。我擔心如果殺了牠，會惹怒這隻動物的主人。

燕麥（第211頁）
一種糧食植物。可以作為牛、馬等家畜的飼料，種子去殼之後也可以煮成燕麥粥。

刀背帶來的刺痛，讓牠放聲嚎叫。一瞬間，大約有四十隻牠的同類從周圍的田地聚集過來，每隻都面目猙獰，發出嚎叫回應。我逃到一棵大樹旁，背對著樹幹揮舞匕首，試圖趕走那些動物。

其中幾隻抓住輕巧的跳到樹上，朝我拉屎撒尿。我緊貼樹幹、避開牠們的攻擊，但那些髒東西不斷掉在我周圍，將我熏得喘不過氣。

就在我感到絕望時，那群動物突然全都跑掉了。我雖然一頭霧水，還是決定從樹下走回剛才的道路。

這時，我發現有匹馬在左側田裡悠哉的漫步。原來，剛才那些動物是看到這匹馬才逃跑的。

那匹馬越走越近，發現我的時候有些驚訝，不過隨即恢復鎮定，好奇的盯著我看。接著還在我身旁繞了好幾圈，不斷嗅聞我。

我想走開，那馬兒立刻擋住我的去路。不過牠的表情相當溫和，看不出一絲惡意，我們就這樣互相注視了一會兒。

最後我伸出一隻手，想撫摸牠的脖子。

沒想到，馬兒似乎不喜歡我打招呼的方式，牠搖頭皺眉，抬起左前蹄輕輕撥開我的手，接著嘶鳴了三、四聲。那叫聲實在太特別了，我幾乎以為牠是在自言自語。

這時，又有另一匹馬走了過來，恭敬的向第一匹馬敬禮。兩匹馬互相觸碰對方的右前蹄，輪流嘶鳴了好幾聲，聽起來就像在對話一樣。接著，牠們走到稍遠處，時而並肩，時而來回踱步，簡直就像人類在商量重大問題時的模樣。牠們不時會轉過頭來看我，彷彿在監視我有沒有逃跑。

看到馬兒做出如此有靈性的舉動，我感到不可思議極了。如果連馬都這麼聰明，這裡的居民想必是世界上最聰明的人了。我心想：「繼續往前走，說不定會發現房舍或村落，或許還可以遇到這裡的居民。就讓這兩匹馬繼續聊天吧。」我決定悄悄離開。

這時，我最初遇見的那匹灰毛馬發現我想溜走，從後方朝我嘶鳴，我還以為牠在對我說：「等一下。」因此立刻回頭朝牠走了過去。我盡量隱藏內心的恐懼，因為我非常不安，不曉得接下來會發生什麼事。

兩匹馬挨近我，仔細端詳我的臉和手，灰毛馬還用右前腳沿著我的帽子摸了一圈。牠這麼一弄，我的帽子變得皺巴巴的，我只好把帽子脫下來重新戴好，牠和牠的同伴（一匹栗色的馬）被我的舉動嚇了一大跳。

這次，換栗毛馬摸了摸我的大衣下擺。牠們發現這是披在我身上的東西時，兩匹馬都露出驚奇的表情。栗毛馬觸碰我的右手，似乎對我滑嫩的皮膚感到不可思議，牠的蹄和肉墊夾了我一下，我痛得大叫，之後牠們摸我的動作就變輕了。

牠們最感興趣的，還是我的鞋襪，不但摸了好幾次，還互相嘶鳴了幾聲，看起來就像科學家在分析什麼費解的現象。

看牠們的舉止十分理性，我不禁心想，一定是兩個變身來戲弄我的魔法師。

因此，我大膽的對牠們說：「二位是魔法師吧？既然如此，應該通曉任何語言才對，那我就直說了。我是不幸漂流到此的英國人，懇請哪一位，像真正的馬一樣載我到附近的人家或村莊求救，我願意奉上這把刀子和這只手鐲作為回禮。」

我一邊說著，從口袋中掏出刀子和手鐲。

那兩匹馬沉默下來聽我說話。待我說完，牠們再度發出一連串的嘶鳴聲，彷彿在商量什麼。

在牠們對話的過程中，我不斷聽到「犽猢」這個詞，雖然不清楚是什麼意思，牠們一結束交談，我立刻大聲模仿：「犽猢。」

牠們聽了先是大吃一驚，接著，灰毛馬把那個字重複了兩次，像是在教我正確的發音，於是我也跟著牠念出聲來。我念完後，換栗毛馬開口教我別的字。牠說了一個發音很難的字，叫「慧駰」。我盡量模仿牠的發音念出來，這個舉動令牠們驚奇不已。

兩匹馬討論了好一會兒，再度觸碰彼此的前蹄，分頭上路了。灰毛馬示意我走在牠前面，我決定在遇到其他人之前，暫時照牠的意思去做。往前步行三英哩後，我們來到一棟細長的建築物前。地上釘著木樁，木樁與木樁之間是用樹枝編成的牆壁，屋頂則以茅草覆蓋。我鬆了一口氣，慶幸終於可以遇到人類了。此時，灰毛馬示意我先進屋裡。

走進屋裡一看，裡面是個寬敞的房間，地板鋪著平整的泥土，牆邊擺了一排牧草架和馬槽，一旁有三匹小馬和兩匹母馬，牠們並沒有在吃牧草。另外還有兩、三匹馬屁股著地坐著，我看了嚇一大跳。

更讓我驚訝的是，其他馬匹竟然在做家事。這讓我更加確信，這裡的人一定非常聰明，才有辦法訓練牠們做這種事。

大房間後方還有另外三個房間。我們穿過第二個房間，來到第三個房間門口。灰毛馬示意我稍等一下，就走進去了。我在第二個房間等待的同時，趁機拿出要送給屋主的禮物。

屋裡傳來三、四次灰毛馬的嘶鳴聲。我以為會聽到人類回答牠的聲音，沒想到只聽見比灰毛馬更尖銳的嘶鳴聲。我心想，這屋子裡究竟住著多麼了不起的人物啊？可是我實在無法理解，地位如此崇高的人物，家中的僕人為什麼全都是馬？

我開始擔心是不是我遭遇太多險境，腦袋變得怪怪的了。我勉強打起精神，環視屋內，又揉了好幾次眼睛，還是同一個房間。

為了確認自己不是在做夢，我又掐了掐自己的手臂，還是沒有任何改變。因此我得出結論，這一切都是魔法師在裝神弄鬼。

這時，灰毛馬從第三個房間探出頭來，示意我隨牠進去。那個房間裡有一匹優雅的母馬和一匹小馬，一起坐在一張乾淨的草蓆上。

母馬站起身來仔細打量我，然後一臉輕蔑的對灰毛馬說：「犽猢。」

沒過多久，灰毛馬示意我隨牠前往中庭。距離中庭不遠處還有另一棟建築物。走過去一看，我嚇了一大跳，那裡竟然有三隻我剛上岸時遇到的醜陋動物，牠們正在吃樹根和某種動物的生肉。那三隻怪物有繩子套在脖子，被拴在柱子上。牠們會用前腳的爪子抓起食物，再以牙齒撕咬。

馬主人命令牠的僕人——一隻栗色的小馬，把最大的那隻動物牽到中庭來。牠們把那傢伙和我放在一起。馬主人和牠的僕人認真比較我們，不斷重複著「犽猢」這個詞。

我突然會意過來，這醜陋的動物不就和人類長得一模一樣嗎？沒錯，這動物雖然臉扁鼻塌，嘴大唇厚，可長成這副模樣的人類也不少啊。犽猢的前腳和我的手也沒什麼兩樣，只是牠們的爪子比較長，掌心較粗糙，毛也多了一點而已。

不過，讓那兩匹馬不解的是，除了臉和手之外，我身上的其他部位跟犽猢一點也不像。因為我穿著衣服和鞋子，只不過是牠們對衣服或鞋子一點概念也沒有罷了。

這時，栗色的小馬用蹄和肉墊夾住樹根，朝我遞了過來。我接過來聞了味道，便恭敬的還給牠。接著，牠又從犽猢的窩裡拿來一塊驢肉，那味道臭得讓我當場把頭撇開。栗色小馬把驢肉丟給旁邊的犽猢，那傢伙狼吞虎嚥的把肉吞了。

小馬接著又捧來一捆乾草和燕麥。馬主人見我搖了搖頭，就把一隻前腳放在嘴邊，比手畫腳的問我想吃什麼。

這時，旁邊剛好有一頭母牛經過，我指著那頭牛，做出手勢示意牠們擠一點牛奶給我。這次牠們似乎也明白我的意思了。馬主人隨即帶我回家，命令僕人打開倉庫，裡面有無數的容器，全都裝著滿滿的牛奶。僕人替我裝了一大碗牛奶，我喝完以後，終於恢復了精神。

當天中午，有一輛由四隻犽猢拉的雪橇在建築物門口停下。牠們邀請了一匹看起來頗有地位的老馬來這裡用餐。

大家聚在最豪華的房間裡，正中央擺著一圈馬槽，牠們圍坐在側，屁股底下鋪著乾草墊，所有馬都規規矩矩的吃著面前馬槽裡的乾草或牛奶燉蕎麥。

之後，灰毛的馬主人叫我站到牠身邊。看牠和朋友聊得起勁，在場賓客也都頻頻往我這邊看，嘴裡還不斷提到「犽猢」，我知道牠們正在談論我的事。

我那時剛好戴著手套，灰毛的馬主人看了有些疑惑。牠用馬蹄摸了我的手套三、四次，彷彿要我把手恢復原狀。我照牠的意思脫下手套，場面立刻熱絡起來，我就這樣贏得了大家的好感。

馬主人和客人用完餐後，把我叫到一旁，比手畫腳的問：「我擔心沒東西給你吃。」

我對牠說，我要「糊露」，也就是蕎麥的意思。雖然早先我拒絕了，但後來我才想到可以用蕎麥來做麵包。

牠們立刻用木盤裝了一大堆蕎麥過來，我先把蕎麥用火烤過，再搓掉外殼，接著拿石頭磨碎，加一點水攪和成團後用火烤熟，配著牛奶吃。雖然淡而無味，但我想多吃幾次，久了之後也能習慣了吧。

到了傍晚，馬主人替我安排好睡覺的地方，距離主屋只有六碼，跟犽猢的窩也不在同一棟建築物裡。我請牠們分我一些乾草，再鋪上衣服，躺在上面沉沉睡去。

二　與主人對話

這個家的主人、孩子和僕人都很熱心的教我說話，因為牠們知道我擁有學習語言的神奇天分。

我會指出每一樣東西，問牠們怎麼說，再逐一抄寫在筆記本裡。發音則是請牠們多說幾遍，讓我能慢慢修正。栗色毛的小馬僕人總是不厭其煩的幫助我。

主人有空的時候，也會花上好幾個小時教我。牠原本以為我是犽猢的同類，卻對我的記憶力、謙和有禮及愛好整潔的表現感到驚訝，這些都是犽猢身上不可能會有的特質。最令牠納悶的就是我身上穿的衣服，牠不斷猜測那到底是不是我身體的一部分。

大約三個月後，我終於可以勉強回答主人的問題了。

主人很想知道我來自何方，也想知道為什麼我能夠模仿理性的動物。

我回答牠：「我跟一群夥伴從很遠的地方，搭乘一艘用挖空的木頭做的大型容器（我指的是船）橫渡大海，結果被他們拋棄在此地的海岸。」當然，我用盡了所有肢體語言，才大致表達出上述的意思。

可是主人不相信我說的話，認為我是不是弄錯了什麼：「你說的根本是不可能發生的事。」（牠們的語言裡並沒有「說謊」這種詞彙。）牠說，任何慧駰都無法製造出那種容器，更不可能交由犽猢來操作。「慧駰」一詞在牠們的語言中，就是「馬」的意思，最原始的含義則是「大自然的傑作」。

我告訴主人，我現在的語言能力雖然還有待加強，總有一天我會進步，可以和牠分享許多奇聞趣事，到時候牠一定會大吃一驚。

附近的馬聽聞主人家來了一隻神奇的犽猢，能像慧駰一樣說話，不時會前來拜訪。那些看過我的馬都很驚訝，因為我全身上下除了臉和手，其他部位都看不到皮膚。

不過，其實我早就在某個突發事件時，向主人坦承這個祕密了。

每天晚上，我都會等到大家就寢後，才把衣服脫下、蓋在身上入睡。某天一早，主人派栗毛的小馬來叫我起床。

那時我睡得正熟，外衣掉在一旁，襯衫也捲到腰部上方。小馬嚇了一跳，立刻把牠看到的畫面回報主人。當我穿好衣服來到主人面前時，牠一臉不解的問我：「聽說你睡著後，模樣變得跟清醒時完全不同，究竟是怎麼一回事呢？」

我隱瞞衣服的祕密，是為了讓牠們清楚區分我和犽猢的不同。不過事到如今，已經無法再隱瞞了，我只好向主人坦承：「在我的國度，所有人都會把動物的毛皮穿在身上，這不僅是為了防寒避暑，也是一種禮儀。如果您希望我袒露身體，我現在就可以把衣服脫下來。」

說完，我先解開扣子、脫掉大衣，接著依序脫掉西裝背心、鞋子、襪子和褲子。

主人好奇的看著這一切，用蹄子把衣服一件件撿起來，一會兒觸摸我的身體，一會兒繞著我上下打量，最後牠說：「你果然是一隻犽獼，只是你和牠們很不一樣，你的皮膚比較白、毛髮比較少、爪子比較短，而且是用後腳站著走路的。」

我穿好衣服後，明白向主人表示，我不喜歡牠老是叫我犽獼，不希望牠把我和那種噁心的動物相提並論，同時請求牠不要把這個祕密洩漏出去，至少幫我保密到我把這套衣服穿破為止。

主人欣然答應我的請求，因此衣服的事始終是個祕密。

另一方面，主人也越來越熱衷於教我說話，牠已經等不及要聽我分享各種奇聞趣事了。每天和主人相處時，牠都會對我提出種種疑問，我也竭盡所能的回答。

有一次，我想把先前對牠說過的經歷描述得更詳細，於是盡力用最精確的詞彙形容我的船，還用手帕說明船隻如何靠風力前進。牠聽了以後問：「船是誰造的呢？」

我說：「在我繼續說下去之前，請您先答應我，待會無論聽到什麼，您都不會生氣。」

牠答應了，於是我繼續說道：「造船的就是我的同類，而且不只是我的國家，在我所遊歷過的每一個地方，我們都是唯一具備理性的動物。然而當我來到貴國，發現慧駰的行為舉止就像具備理性的動物時，著實嚇了一大跳。」

主人聽我這麼一說，隨即露出不安的表情：「我實在無法想像，在你的國家竟然是由犽猢主宰一切。那麼，你的國家沒有慧駰嗎？如果有的話，牠們都在做些什麼呢？」

我回答：「我的國家也有很多慧駰，夏天在草原吃草，冬天養在室內，吃乾草和蕎麥，由犽猢僕人替牠們清洗身體、梳理鬃毛、清潔腳底、餵食和鋪床。」

「原來如此，這樣我明白了。說來說去，我們慧駰還是你們犽猢的主人嘛。」

到此我求牠別再問下去了，我怕再說下去，一定會惹牠生氣。

不過牠堅持要我繼續說，我只好坦承：「慧駰在我國稱為『馬』，是一種非常溫馴、美麗的動物。力氣大，跑得也快。

「位高權重的人飼養牠們是為了旅行、比賽或拉車等等工作，因此好好照顧著牠們。不過，馬兒一旦生病或瘸了腿，就會被賣掉或被迫從事粗重的勞動；死了以後，皮會被剝下來賣，肉則會做成狗的飼料。

「大多數的馬是養在農家或馬夫家，一輩子做苦工，吃得也很糟。」

接下來，我介紹了騎馬的方法，和韁繩、馬鞍、馬刺、馬鞭、挽具等等的使用方式。

主人一臉氣憤：「你們好大的膽子，竟敢騎到慧駰的背上。連我家最瘦弱的僕人，都能不費吹灰之力就把最強的犽猢摔在地上。」

我回答：「我國的馬從三或四歲開始，就接受各式各樣的訓練。無論如何都無法馴服的馬，會被趕去拉車；年輕時有任何不良習性，都會遭受鞭打懲罰。」

主人一聽更難掩怒氣：「假如一個國家唯有犽猢具備理性，自然會由犽猢主宰一切，因為理性總是會勝過蠻力。但從你們的體格來看，恐怕任何一種生物都比你們更適合在日常生活中運用理性的了。」接著大肆批評：「看看你們走路的樣子，多危險啊，要是有哪隻後腳滑了一下，一定會摔得四腳朝天；你們的臉那麼扁，中間還突出一個鼻子，眼睛又長在臉的正面，如果不轉動脖子，根本看不見左右兩邊，吃東西的時候，也得用前腳把食物送到嘴邊才行。」

最後牠說：「在這裡，所有的動物生來就厭惡犽猢，弱者閃避牠們，強者驅趕牠們。如果你們具備理性的話，為什麼無法改變被所有動物討厭的事實呢？你們又是如何馴服牠們，讓牠們替你們做事的？」

主人實在百思不得其解。

不過牠決定不再繼續這個話題，表示想知道我的國家和我過往的經歷。

於是我告訴牠，我出生在一個遙遠的島國「英國」，全國最高的統治者是一位女性，大家都稱呼她為「**女王**」。

不過，牠們的語言裡並沒有權力、政府、戰爭、法律、刑罰等概念，該如何讓主人理解我想表達的意思，令我傷透了腦筋。

我花了整整兩年的時間，從商業、工業、各種學問開始，最後談到歐洲的情勢。有一次，我們談到戰爭的話題，我說：「英國和法國長時間處於戰爭狀態，至今可能已經有上百萬猢猻因此喪命。」

主人一聽便問：「國與國之間究竟為什麼會爆發戰爭？」

我這樣回答：「發生戰爭的原因有很多，我就談談幾個最主要的原因吧。首先是在上位者的野心，他們總是不滿足於自己手中所有的領土或人民；其次是大臣的腐敗，他們為了轉移人民對惡政的不滿，總是故意挑起戰事。再來就是為了一點意見上的分歧，犧牲數百萬人的性命，例如：『是**肉變成麵包，還是麵包變成肉**呢？』、『吹口哨究竟是好還是壞？』、『外套顏色要黑、白、紅、灰哪一種最好？外套下擺要長的還是短的

英國女王

西元一七〇二至一七一四年間在位的安妮女王。雖然缺乏統治國家的才能，但她能夠順應民意、將權力下放給國會及大臣，仍然受到人民愛戴。

好？』或者『骯髒比較好，還是整潔比較好？』諸如此類的意見分歧。

「事實上，引發戰爭的分歧越是無關緊要，戰事反而越凶殘、血腥。有時，人們庸人自擾，擔心敵人可能發動攻擊，便主動挑起戰爭。戰爭的原因有時是因為敵人太強，有時反而是因為敵人太弱。此外，如果一個國家的人民飽受饑荒、疾病所苦，或是黨派之爭影響政局，那麼他國出兵侵略也沒有任何不妥。

「窮國人民飢寒交迫，富國人民狂妄自大。只要飢餓與狂妄一天不消失，衝突就永遠不會停止。基於種種原因，軍人一向是最受崇敬的職業。軍人就是一群受雇來殺人的猢猻，總是面不改色的殺害與自己毫無關係的同類，而且殺得越多越好。」

「肉變成麵包，還是麵包變成肉？」（第231頁）

當時，關於彌撒儀式中，象徵耶穌身體和血的麵包與葡萄酒，羅馬教會以及與教會對立的神學家曾經有過一番爭論。教會認為在儀式中麵包和酒已經變成耶穌的血肉，神學家卻認為麵包和酒就是原本的麵包和酒。

聽到這裡，主人不禁打斷我：「聽你這樣說，我就明白你們的理性究竟是如何運作的了。不過你所謂的戰爭，聽起來沒什麼危險性啊。因為你們的嘴巴不是從臉上凸出來的，就算互相撕咬也不可能造成嚴重的傷口；況且手腳的爪子又短又軟，這裡的任何一隻犽獺，都能抵過你們國家的十隻犽獺吧。看來，你所說的在戰爭中喪命的人數，恐怕也是不可能的吧。」

聽見主人說出如此無知的話，我不禁搖了搖頭。由於我略懂軍事，因此向牠介紹了**大砲**、**步槍**、手槍、子彈、火藥、劍，並說明攻城、砲擊、海戰、敗逃、掠奪、破壞等等概念。為了描述英國人是多麼的**驍勇善戰**，我告訴牠：「我曾經看過一次炸死上百人的攻城

大砲
十四世紀時發明、破壞力強的武器，能夠發射大型砲彈。

戰，也曾看過一百個敵兵隨著船被擊沉，殘缺的屍體從雲端掉落下來時，在場的人都感到十分痛快。」

我準備繼續說下去時，「住口！」，主人打斷了我：「如果犽猢取得與邪惡心靈相稱的力量和狡詐，牠們一定也能輕易做到你剛才所說的每一件事。不過，具備理性的生物，竟然能夠做出這些可怕的事，恐怕那理性已經腐化了吧？」

看來，主人似乎堅信我們的理性並非理性，而是一種助長邪惡天性的特質而已。

還有一次，我向主人說明金錢的概念，牠似乎無法理解。

我是這樣向牠說明的：「犽猢只要擁有一大筆金錢，無論漂亮的衣服、華麗的宅邸、遼闊的土地、奢侈

步槍（第233頁）
十五世紀時發明的武器。是除了手槍以外，能夠在步行中手持使用的槍械。

驍勇善戰（第233頁）
驍，音ㄒㄧㄠ。勇敢而擅長作戰。

的食物等等，都能任意的買下。因為一切都取決於金錢，我國的犽猢總是覺得錢再多都不夠用。

「有錢人使喚窮人做事，過著愜意的生活。不過一千個人之中，最多只有一個有錢人而已。大多數人，都必需為了微薄的工資辛苦勞動，每天過著悲慘的日子。」

除此之外，我還向主人說明了法律、政治等等制度。

三　慧駰的美德

和主人談論了各式各樣的事情，我逐漸開始用與過去截然不同的角度看待人類的行為與情感。

某天早晨，我按照主人的吩咐來到牠面前。「你先坐下。」牠說。「我認真思考過你說的事了。依我所見，你們應該是一種偶然具備少許理性的動物，不過你們並沒有妥善運用理性，反而任憑與生俱來的缺點惡化。「如果把你身上的幾個部位代換一下，看起來就跟我們這兒的犽猢一模一樣。從你說的話聽來，你們的本性也跟犽猢很像，因為那些犽猢也會互相憎惡，牠們會起爭執的原因與你們也沒有不同。

「舉例來說，假設這裡有五隻犽猢，若把足足五十份的肉丟給牠們，牠們就會為了獨占那些食物而大打出手，根本不可能一起分享。因此，我們餵飼料時，總會安排僕人在牠們旁邊看著。把牠們放回窩裡時，也會把牠們個別拴得離其他犽猢遠遠的。

「此外，如果有牛隻死掉，而我們慧駰沒把屍體妥善處理好，附近的犽猢就會成群結隊前來搶食。牠們會像你說的那樣，伸長爪子把彼此抓得遍體鱗傷，差別只在於牠們沒有你們發明的那些殺人工具，因此幾乎不會喪命。

「有時候，相鄰而居的犽猢也會無緣無故大打出手。總之，牠們隨時都在等待敵人鬆懈下來，攻其不備。」

主人接著又說：「我們這裡有某幾處原野，出產一些散發彩色光芒的石頭，那是犽猢的最愛。

「牠們不經意發現一塊埋在土裡的石頭，會花上好幾天時間挖掘。挖出來後不但會帶回牠們的窩裡藏好，還會鬼鬼祟祟的左顧右盼，深怕其他同類發現那寶物。

「我以前始終不明白，這種石頭對犽猢究竟有什麼用處，但我現在想通了，這一定是你所說的，是你們與生俱來的貪婪在作祟。

「我曾經做過實驗，偷偷把一隻犽猢埋藏好的彩色石頭移到別處，結果那隻卑鄙的動物發現寶物不見了，竟然嚎啕大哭。其他犽猢聽到聲音聚集過來後，原本哭得可憐兮兮的犽猢，不分青紅皂白，便抓咬起其他犽猢。從此以後，那隻犽猢變得食不下嚥，夜不成眠，一天比一天虛弱，什麼事也不做。

「於是，我派僕人偷偷把石頭放回原來的洞裡。那隻犽猢一發現石頭失而復得，很快又恢復了精神，工作也變得特別勤奮。」

主人繼續描述牠在犽猢身上觀察到的另一種奇怪習性。

「犽猢這種生物似乎很容易受情緒操控。情緒來時，牠們就會窩在角落翻來覆去，時而咆哮大叫，時而喃喃自語，誰靠近就把誰一腳踢開。可是牠們明明都還年輕力壯，也不缺食物或飲水。

「僕人全都不明白牠們哪裡不舒服。最好的治療方式就是不停使喚牠們，這樣保證能讓牠們完全康復。」
我聽完後默不作聲。不過，主人描述的症狀，顯然是成天遊手好閒或生活奢侈的人才會罹患的**憂鬱症**。
主人又描述了犽猢的種種習性，讓我很想親眼觀察看看，因此一再請求：「請帶我到附近有犽猢聚集的地方吧。」
主人往往都爽快的答應，並且派一匹強壯的栗色馬當我的保鑣。如果沒有這位保鑣，我一定不敢這麼冒險。因為我來到這個國家時，這種噁心的動物曾經對我做出過分的舉動，後來也有三、四次，我出遠門時忘記攜帶匕首，差一點就落入牠們手中。
犽猢以為我跟牠們是同類。不過，我自己也有責任，因為在保鑣陪同下，我曾經多次在牠們面前捲起袖

憂鬱症
這裡指的是經常發生在不需要工作、過著奢侈生活的人身上的症狀。患者會感到倦怠、什麼事都不想做。

子、露出手臂，或是讓牠們看看我的胸膛。每次牠們都會湊過來，像猴子一樣模仿我的動作，也總是毫不掩飾對我的厭惡。

牠們從小就非常敏捷。有一次，我抓到一隻三歲左右的公犽猢，本來打算溫柔的安撫牠，沒想到牠竟然大吵大鬧，對我又扯又咬，最後只好把牠放了。

據我觀察，犽猢這種動物非常難以教化，牠們能做的，頂多是拉車或搬重物。這缺點似乎源自牠們扭曲叛逆的性格。

慧駰平常用來使喚的犽猢都養在自家附近的小屋裡，其餘則放養在草原上。放養的犽猢會在草原上挖樹根、啃雜草、撿食腐肉，偶爾也會抓鼬鼠來吃，會用爪子在土坡上挖洞作為窩。

牠們從小就像青蛙一樣擅長游泳，也能夠長時間潛在水裡。如果抓到了魚，母犽猢會帶回家餵小孩吃。

我在此地住了三年，就讓我來說說當地的風俗習慣吧。

這些高尚的慧駰天生崇尚美德，在牠們的觀念裡，凡是具備理性的動物，內心絕對沒有一絲邪念。牠們有一句格言：「鍛鍊理性、服從理性。」

重視友誼與博愛是慧駰與生俱來的兩種美德。對於遠道而來的陌生人，牠們願意待其如鄰居；無論身在何處，永遠都能像在自己家裡一樣放鬆。牠們舉止高雅，待人有禮，卻不拘泥於形式；疼愛孩子，但不過度溺愛。

牠們教育下一代的方式也很令人敬佩。在孩子年滿十八歲以前，除了特殊節日，一律不准吃蕎麥，也極少讓牠們喝牛奶；夏天早晚各吃兩小時青草，父母本身也嚴格遵守這些規矩。

慧駰為了鍛鍊下一代，會讓孩子們在險峻的山岳或布滿碎石的地面上賽跑。跑得滿身大汗後，再讓牠們跳進水池或河川裡泡澡。每年會有四次各地青年的聚會，大家一起賽跑、跳水，優勝者可以贏得一首頌歌。

慧駰的世界沒有文字，所有知識都是靠口耳相傳。由於牠們天生具備道德感，和其他國家也沒有往來，不曾發生什麼重大事件，歷史當然也就好記多了。

慧駰從不生病，除非遭遇意外事故，大多能壽終正寢。

牠們通常能活到七十至七十五歲，活到八十歲的則寥寥無幾。在臨終前兩、三個星期，身體會逐漸衰弱，但並不會太痛苦。由於無法再像以往那樣隨意外出，親朋好友會陸續登門拜訪。不過，到了臨終前十天左右，牠們會乘著犽猢拉的雪橇，去向附近來探視過的人致意。每次看到牠們向朋友道別的場景，總讓我覺得牠們好像只是要去遠方旅行。

另一方面，我的生活雖然簡樸，卻也過得逍遙自在。

主人在距離主屋大約六碼的地方，替我蓋了一間房子。我自己在牆壁和地板塗上一層泥土，再鋪上用燈心草編的草席。我還把麻打鬆，製成被套，再把鳥的羽毛塞進去。我也用刀子削出了兩把椅子，製作較困難的地方也拜託栗色小馬幫我。

衣服穿破以後，我用兔皮做成新衣服，還另外做了幾雙厚襪子。此外，我不時會從樹洞裡弄來一些蜂蜜，拌進水裡一起喝，或是抹在麵包上享用。

難怪有人說「需求為發明之母」。

我身體健康，心情平和，既不必擔心朋友背叛，也無需害怕敵人陷害，更不用為了討好在上位者而送禮賄賂或逢迎諂媚。這裡沒有小偷、扒手、強盜、賭徒、政客、辯論家、殺人犯，也沒有做作的學者、政黨大老、黑心店家、醉漢或行為不檢的女人。

主人家經常有朋友來訪，每一次聚會我都會列席。主人允許我在一旁聽牠們談話。

沒有什麼比聽牠們談話更令我高興的了。牠們談話的內容總是很有建設性，說起話來彬彬有禮，絲毫不拘泥於形式。牠們的話題大多圍繞著友情、博愛、秩序或家務，有時也會討論詩歌的各種美妙之處。

老實說，現在我如果具備任何有價值的知識，絕對是來自主人的教誨，以及牠與慧駰朋友們的談話。

我很欣賞這些慧駰們的強壯、美麗與敏捷。親眼見到這些高尚的慧駰集無數美德於一身，我不禁對牠們產生深深的敬意。

我不得不懷疑起我的家人、朋友、同胞甚至全人類，本質上是否跟犽猢沒什麼不同？人類雖然會說話，卻把理性濫用在不好的事情上。

有時，我看著自己在湖水或泉水上的倒影，都不禁嚇得別過臉。與其要我看著自己的模樣，我寧可去看一隻普通的犽猢。

四　告別智馬國

我陶醉在幸福的生活裡，很想一輩子在這裡住下去。不過，後來卻發生了一件事迫使我得離開此地。

在智馬國，每四年就會舉辦一次全國性的會議，各地代表會在春分那天齊聚一堂。會議為期五到六天，地點在距離主人家二十英哩遠的草原上。

在我離開這個國家的三個月前，剛好召開了這場會議，我的主人也以代表身分出席。這場會議討論的主題，是這個國家唯一存在的爭議，也就是該不該讓犽猢繼續生活在這塊土地上。

據說，其中一位反對讓犽猢繼續存活的議員，發表了這段演說：

「大自然創造的萬物中，犽猢是最汙穢、醜陋的動物，沒有什麼比牠們更難教化的了。牠們幹盡各種壞勾當，不但偷吸我們慧駰養的牛的乳汁，還會殺貓來吃，甚至恣意破壞田地。

「犽猢並不是我國的生物，傳說牠們是從太陽曬熱的泥土或海水的泡沫中誕生的。雖然不知道真相為何，還有一說是很久很久以前，有兩隻這種怪物出現在深山裡，那兩隻犽猢生了孩子後，牠們的子孫很快就遍布全國。

「聽說當時的慧駰搜山圍捕犽猢，上了年紀的就殺掉，年輕的犽猢則成對養在家中的小屋，盡量馴服這些天生殘暴的動物，使喚牠們拉車或搬運貨物。

「我們慧駰習慣使喚犽猢之後，就疏忽了驢子的繁殖。驢子雖然不像犽猢那麼敏捷，但外型好看、容易飼養又聽話，既不會有討厭的臭味，力氣也很大，比犽猢好多了。」

也有幾位議員表達相同的意見，我的主人統整大家的發言後，提出以下建議：

「最初出現的那兩隻犽猢，一定是漂流到這裡的。牠們上岸後，可能躲進深山裡，才漸漸變得野蠻。為什麼我會這樣推測呢？因為我就養了一隻令人驚奇的犽猢。」

主人向大家敘述牠發現我的經過，包括我身上穿的衣服、我會說話也能學習慧駰語的事，以及我向主人分享的冒險經歷等等。然後牠說：「這隻犽猢具備少許理性。在牠的國家，牠的犽猢同胞為了馴服慧駰，有一種名為**結紮**的手術，我認為我們不妨稍微參考這種野蠻動物的智慧，把牠們的方法利用在年輕犽猢身上，如此一來，不僅能讓那些犽猢更容易教化，即使不刻意殺害，牠們也遲早會絕種。不過，我們勢必得同時設法繁殖更多驢子才行。」

我從主人那裡聽聞這場會議的許多細節，但我沒有問牠最關鍵的一點，就是我該何去何從。然而，不久之後，我就得知那令人心碎的結果了。

某天早晨，主人叫我過去，一臉相當困擾的樣

結紮

使人或動物失去繁衍下一代的能力。

子，似乎有什麼事情讓牠難以啟齒，最後才終於開口。

牠說，在那次會議中，討論到犽獺問題時，議員全都反對牠把我安置在家裡，還給予我慧駰般的待遇。在會議的尾聲，有議員要求主人，要不就像對待其他犽獺那樣使喚我，要不就讓我自己游回我的國家。

不過，有議員擔心我混入犽獺群中，慫恿其他犽獺趁著夜晚偷襲家畜，因此第一個提案被否決了。

主人對我說：「要你游回去，未免太強人所難了。我在想，不如打造一艘你之前提過的那種浮在海面上的容器吧？我會派我家和附近鄰居的僕人幫你的忙。」最後牠還補充：「我個人非常希望你留下來當我的助手，因為我相信在你努力模仿慧駰的過程中，一定能夠改掉那些不好的習慣或性格。」

我聽完主人的話，實在難忍心中的悲痛與絕望，昏倒在主人腳邊。

等我清醒過來後，主人說牠好替我擔心，還以為我死了。我勉強打起精神，決定動手造船。主人很寬容，給了我兩個月的時間造船。我請牠讓栗色小馬擔任我的助手。

首先，我帶著栗色小馬前往那群海盜放我上岸的海灘。我們爬上沙丘，環視四周的海洋，發現東北方好像有一座小島。我拿起望遠鏡一看，果然沒錯，在五里格外的地方有一座島嶼。

既然如此，我也不必再猶豫。總之先設法到那座島去，之後就聽天由命吧。

回到家後，我和栗色小馬商量了一下，決定出門前往森林。我們分別用刀子和一根綁著銳利打火石的木棍，砍下好幾根**槲櫟**樹枝。為了好好運用這些材料，我費盡心思，最棘手的部分則由栗色小馬助我一臂之力。忙了六個星期，我們終於造出一艘類似**獨木舟**，但再稍微大一點的船。

槲櫟

一種落葉喬木，高度可以達到五十公尺以上。木質很硬，經常被用來作為建築或船隻的材料。

船的表面貼了一層用手工麻線縫起來的獸皮，帆的部分也是用獸皮做的。我準備了四支船槳，也準備了蒸熟的兔肉和鳥肉，用兩個容器裝滿牛奶和水。

我把完工的獨木舟搬到主人家附近的池子測試，改掉設計不良的地方，再用野獸的油確實填補縫隙，這樣船就不會漏水了。大功告成後，我們把船抬上車，一路由犽猢拖到海邊。

做好準備後，終於到了出發這一天。我淚水盈眶、百般不捨的向主人夫婦和牠的家人告別。主人堅持要目送我搭上獨木舟離開，連附近鄰居都一起來海岸送行。

為了等待漲潮，我又多停留了一小時以上。好不容易等到風向對了，我再度向主人告別。當我想伏身親吻

獨木舟（第249頁）
用划槳的方式前進、構造簡單的小船。

主人的蹄子時，牠竟然主動把蹄子舉到我的嘴邊，令我感到無比榮幸。

我慎重的向其他慧駰道別，登上獨木舟，離開了海岸。

船划上海面的時間是一七一五年二月十五日上午九點。主人和牠的朋友一直在岸上眺望，直到看不見我的身影為止。我還聽到對我照顧有加的栗色小馬不斷喊著：「犽猢先生，你要多保重啊！」

可以的話，我想尋覓一座無人居住的小島，在那裡過著自給自足的生活。

事實上，要我回到那個由犽猢主宰的歐洲社會，光想就令我頭皮發麻。如果真的能如我所願，過著與世隔絕的生活，或許就能夠好好琢磨慧駰的美德，不必再擔心被人類的墮落汙染了。

當天晚上六點左右，我發現半里格外有一座小島，馬上划了過去。上岸後，我才發現那是一座由岩石構成的小島。我把獨木舟留在海灣，爬上岩石一看，發現東方有一塊南北狹長的陸地。當天晚上我睡在獨木舟裡，隔天一早再次出海，最後花

了七小時，抵達新荷蘭的東南角。

我上岸勘查了一會兒，這裡似乎沒有居民，但我手上沒有武器，不敢再深入內陸。海岸上雖然撿得到貝類，我怕生火會被原住民發現，所以選擇了生食。為了節省糧食，我整整吃了三天的**牡蠣**和貝類，不過也發現一條乾淨的小河，解決了飲水的問題。

第四天早上，我鼓起勇氣朝內陸前進，在大約五百碼遠的山丘上，發現了二、三十個原住民。無論男女或小孩全都一絲不掛，正圍在火堆旁邊。其中一個人發現了我，立刻通知他的同伴，有五名男性立刻朝我走來。

我頭也不回、逃向海岸，跳上我的獨木舟，拚了命划動船槳。

雖然順利逃到海上，我卻不知道接下來該何去何

牡蠣

具有兩片殼的貝類，殼內的肉可以食用。冬季到初春是牡蠣最鮮美的時候，可以生吃，也可以煮熟後食用。

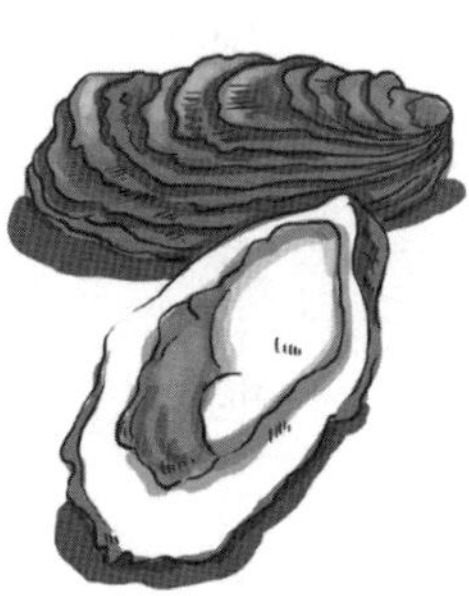

從。好不容易逃了出來，也沒勇氣再回到剛才上岸的地方。我朝北方前進，一邊尋找安全的上岸地點。這時，我遠遠看見北北東方有一艘帆船。眼見那艘船越駛越近，我一時之間猶豫了起來，不知該在原地等待還是逃走。然而一想到猢猻，我就渾身不舒服，立刻轉向往南，揚帆划回早上離開的海灣。我把獨木舟拖上海岸，隨即躲在小河河畔的岩石後方。

那艘船行駛到距離海灣不到半里格的海面上，放下一艘小艇，小艇上堆滿用來裝淡水的容器。

那些水手一上岸就發現我的獨木舟，他們猜想船主應該就在這附近，開始四處搜索。找著找著，終於發現趴在岩石後方的我。一行人看我身穿皮革大衣、木底鞋和毛皮襪，全都對我古怪的打扮感到訝異。

不過，他們似乎知道我不是原住民，因為原住民總是光溜溜的。其中一名水手用葡萄牙語說：「站起來。你是什麼人？」葡萄牙語是我擅長的語言之一，我立刻起身央求：「我是一個被慧駰國驅逐出境的可憐犽猢，請各位放我一馬吧。」

他們聽見我用葡萄牙語回答，全都嚇了一跳。什麼犽猢、慧駰，聽得他們一頭霧水，而我說話的方式像極了馬在嘶鳴，惹得他們哈哈大笑。

我嚇得全身發抖，寒毛直豎，再次央求：「請各位放過我吧。」說完，我逕自步向獨木舟。他們抓住我，七嘴八舌的問我是哪個國家的人、從哪裡來。我說我在英國出生，離開英國有五年了。

他們一開口，那種怪腔怪調把我嚇呆了，在我聽來，就好像英國的狗或牛開口說話一樣詭異。

我苦苦哀求他們放了我，還是被五花大綁，帶上他們的小船。他們把我載到主船後，直接把我送進了船長室。

船長名叫佩德羅．迪．門德斯，是位親切有禮的紳士。

他說：「可以聽聽你的遭遇嗎？你想吃點什麼或喝點什麼？在這艘船上，我保證你能得到和我相同的待遇。」友善的對我說了許多話。

我一聲不吭，因為船長和船員身上散發的味道，熏得我幾乎快昏過去了。

船長請人為我準備餐點，要我到乾淨的船艙裡睡覺。我衣服也沒脫就躺到床上，大約半小時後，我趁著船員在用餐時逃走了。與其要我和這群犽猢生活在一起，我寧可游回島上，我是這樣打算的。有船員發現我逃走了，將事情傳到船長那裡，他們就用鐵鍊把我鎖在船艙中。

用完餐後，佩德羅先生來到我面前，語重心長的對我說：「我處處想幫助你，為何你要做出這麼危險的舉動呢？」

我簡短交代了我的遭遇。一開始，他以為我在說夢話，但這位船長是個聰明的人，聽完我描述的各種細節後，逐漸相信了我的說法。我也答應船長，不再拿自己的生命開玩笑。

航程一路順暢，我幾乎整天都躲在船艙裡，因為我連船員的臉都不想見到。

我們在一七一五年十一月五日抵達里斯本。我暫時借住在佩德羅先生家裡，他將家中的閣樓讓出來當我的房間。即使如此，我還是難以融入人類的世界。

過了十天左右，他對我說：「你還是應該返回英國，和家人一起生活比較好吧？你想要找到一座孤島居住，實在太困難了。不如回家，隨心所欲的過日子，在家裡與世隔絕不就好了嗎？」

我決定聽從他的意見，於十一月二十四日從里斯本搭上前往英國的商船，並於十二月五日上午九點左右抵達唐斯港。

當天下午三點，我就平安回到瑞德里夫的家了。

我的妻子和孩子們原本深信我已經不在世上，見我平安無事全都喜出望外，高興的迎接我的歸來。我一踏進家門，妻子就伸出雙臂擁抱我，還親吻了我。但我已經好幾年沒跟人類接觸，突然就失去意識，昏迷了一個小時左右。

寫下這些故事時，距離我最後一次返回英國，已經有五年的時間了。

剛回來的第一年，我連跟妻兒共處一室都沒辦法。即使到現在，我也無法忍受家人碰我的麵包，或跟我用同一個杯子喝水。

回家後，我買了兩匹年輕的公馬，把牠們養在舒適的馬廄裡。除了牠們，我喜歡的人類就是馬夫。每次聞到馬或馬夫身上的味道，我就精神百倍。

因為馬兒聽得懂我說的話，我每天至少會和牠們聊天聊上四小時。如今我們已經成為朋友，與牠們相親相愛的過生活。

——他已安息，狂暴的憤怒將不再撕裂他的心。

史威夫特墓誌銘

《格列佛遊記》——我童年第一次思考人生意義的窗口

陳安儀

大約在我小學四年級的時候，父親為我訂了當年光復書局出版的「彩色世界兒童文學全集」共五套二十五本。還記得每回五本全彩精裝的套書寄到家時，爸爸、媽媽和我便會既興奮又期待的各拖一本、佔據客廳的一角，聚精會神的閱讀。等到媽媽抬起頭來、伸個懶腰，驚嘆道：「哎呀！我忘記做飯了！」時，通常已是日暮時分、太陽西斜，數個小時就這樣在鴉雀無聲中飛逝。那一幕，是我童年回憶中，最美好的時光之一。

而那一套書，四十年來跟隨我搬過無數次家，至今仍是我的珍藏。其中，最破爛、黏貼最多次的，就是《格列佛遊記》。

不知為何，我從小就非常喜愛有冒險精神的故事：《湯姆歷險記》、《魯賓遜漂流記》、《環遊世界八十天》、《苦兒流浪記》……都是我的愛書，其中，《格列佛遊記》更是我的愛中之愛。我不停的、反覆的看，每隔一陣子就要拿出來「複習」一遍，甚至遇到不同的翻譯版本，也會不厭其煩的比較其異同。我怪異的行為致使我爸爸非常生氣：「一天到晚重複讀一本書，不求上進！」

可是父親不知道的是，隨著年紀的增長，我每次讀《格列佛遊記》，都有一種全新的感觸、不同的體認，實非當時的我所能描述。

幼時第一次讀《格列佛遊記》，我完全沉醉於史威夫特筆下奇異的幻想世界：身高只有六寸的小人國、能放進口袋的牛和羊；身高數丈的大人國、比獒犬還大的老鼠；永遠都在思考、需要僕人敲頭提醒的飛島國；駿馬是主人、人反而被馬兒畜養的慧駰國……。最厲害的是故事中的每一件人、事、物都描述得歷歷如繪、活靈活現，令人彷彿身歷其境一般！

長大一些之後，再讀《格列佛遊記》，開始發現了其中荒謬的地方：引起國家黨派之爭的只是因為「鞋跟的高低」；而引起國與國之間戰爭的竟然是因為「雞蛋的吃法」！還有拉加多研究所裡，有人研究「從屋頂開始蓋房子」的方法；以及「讓蜘蛛吃五顏六色的蒼蠅就可以吐出五顏六色的絲」……種種奇思妙想，讓逐漸明白這些事情是不可能發生的我，邊讀邊莞爾！

更大一些之後，我發現其實這些荒謬是一種深層的諷刺：我們身邊的黨派之爭其實並沒有比「鞋跟高低」有意義到哪裡去；世界上大部分的戰爭，追根究底也跟「雞蛋從哪一頭吃」差不了太多！小人國的國王外型雖小但野心很大，終日汲汲營營吞併敵國；而大人國的國王不屑學習「像蟲子般微不足道」的我們製作軍火，到底是一種無知、偏見，還是真正的大智慧？

成年之後的我，依然很喜歡《格列佛遊記》。我終於明白作者當年在英國統治殖民的愛爾蘭領土上，寫出這樣寓意濃厚的小說，諷刺當朝的領導者，需要多大的智慧與勇氣；繼而更發現，作者老早就參透人人都嚮往的長壽，真相如同書中長生不老的「史卓德布勒格」，困在衰敗的身體裡，是一種永無止境的懲罰……。

一直以來，《格列佛遊記》裡，我最喜愛的一個故事便是作者打造出的香格里拉、人間桃花源「慧駰國」。在厭煩於人類的私慾、貪婪、爭奪與醜惡之後，格列佛走入了馴良、溫柔、和平、理性的馬兒世界，寧願三餐吃素燕麥、身穿野人衣，也不想再回到「犽猢」（Yahoo）的野人國度。在那裡，大家共享共有，沒有戰爭、沒有疾病、沒有憂愁也沒有悲傷；死期將屆時便逐一拜訪好友，然後去天國旅行。這種美好境地，迄今人類國度仍然無法達到呀！

《格列佛遊記》之於我，絕不只是一本幻想小說。藉由一次又一次的重讀，它成為我童年第一次思考人生意義的窗口，也是第一次從一本書裡領略作者的弦外之音。雖然當時年幼的我無法將感受訴諸於口，但是卻始終銘記於心。

這次小木馬的《格列佛遊記》改寫十分順暢，四個國度完整收錄之外，註解也非常清晰，令人驚豔。茲將我的最愛推薦給所有的孩子與大人，願大家都能在文學中體會人生哲理，找到自己的方向。

【作者簡介】

陳安儀

資深媒體人、陳安儀多元作文創辦人。

這套世界文學包含了多元的文化與各地不同的風景與習俗，當你徜徉在《格列佛遊記》的故事情節中時，是否也運用了你敏銳的觀察力，發現哪些是與自己的生活很不一樣的地方呢？以下幾個問題將幫助你試著發表自己的心得或感想。現在就讓我們穿越文字的任意門，一起開始這趟充滿勇氣、信心與感動的旅程吧！

問題1　你知道什麼是「諷刺」嗎？查一查辭典上怎麼解釋？本文中有符合「諷刺」的手法嗎？試著舉出兩個例子？

問題2　小人國厘厘普最大敵人是誰？他們之間為了什麼開戰？你覺得為何作者要這樣寫？

問題3 格列佛的什麼思想，讓大人國國王十分震驚？你贊成國王的想法嗎？說說看什麼是戰爭？又為何會有戰爭呢？

問題4 飛島國的研究中心主題十分廣泛，你最喜歡哪一個研究？哪一個研究最有可能成功呢？為什麼？

問題5 你覺得慧駰國裡「發出光芒的五彩石頭」是什麼？也可以代換成什麼？猴猢為了這些石頭做了什麼？人類也會有類似的行為嗎？試著舉例看看？

問題6 格列佛遊記的結局是什麼？為什麼作者要這樣結局？你最喜歡哪一個國家呢？如果有機會又想造訪哪一個國家？說說看原因。

日文版譯者

加藤光也（1948–）

生於日本秋田縣。

一橋大學法學院畢業。

東京都立大學碩士課程修畢。主修英文。

現任駒澤大學文學院教授。

編著、翻譯作品眾多。

中文版譯者

劉格安

政治大學畢業，現為專職譯者，譯作類型包含商管、醫學、旅遊、生活、歷史和小說等。

封面繪圖：Lynette Lin

封面設計：倪龐德

地圖與註解小圖繪製：陳宛昀

彩色插圖繪製：Sonia Ku

國家圖書館出版品預行編目（CIP）資料

格列佛遊記／喬納森・史威夫特作；劉格安譯.
-- 二版. -- 新北市：木馬文化事業股份有限公司
出版：遠足文化事業股份有限公司發行, 2021.12
面：　公分
譯自：Gulliver's Travels
ISBN 978-626-314-089-9（平裝）

873.596　　　110019796

格列佛遊記

ガリバー旅行記

原著作者：喬納森・史威夫特 (Jonathan Swift)
＊日文版由加藤光也譯自英文
譯　　者：劉格安

社　　長：陳蕙慧
副總編輯：戴偉傑
責任編輯：葉芝吟（初版）
特約編輯：王淑儀（二版）

讀書共和國出版集團社長：郭重興
發行人兼出版總監：曾大福
出　　版：木馬文化事業股份有限公司
發　　行：遠足文化事業股份有限公司
地　　址：231 新北市新店區民權路 108-4 號 8 樓
電　　話：(02)22181417　　傳　　真：(02)8667-1891
E m a i l：service@bookrep.com.tw
郵撥帳號：19588272 木馬文化事業股份有限公司
客服專線：0800221029
法律顧問：華洋國際專利商標事務所蘇文生律師
內頁排版：中原造像股份有限公司
印　　刷：中原造像股份有限公司
小木馬悅讀遊樂園：http://www.facebook.com/ecuschildren

初　　版：2017 年 2 月
二　　版：2021 年 12 月
定　　價：300 元
I S B N：978-626-314-089-9

21 SEIKI-BAN SHOUNEN SHOUJO SEKAIBUNGAKU-KAN [4]
《GARIBAA RYOKOU KI》